温州·声音

温州文艺评论（第三辑）

主 编 ◎ 蔡贻象

中国财富出版社有限公司

编辑委员会

主　　任 蔡贻象
副 主 任 孙良好　张宏良　金丹霞　黄碧红　陈　俊
执行主编 陈　俊

序

温州丰沛的文化基因是我们文艺评论者想象的天空

——从莫洛先生和《温州三家人》谈起

蔡贻象

我一直认为,文艺评论也是一种创作,是一种基于文化生态基因进行阐释传播的创作。

面对众多的文艺现象,创作或创造性的批评不是在竭力营造艺术意象,而是在积极寻找艺术意象背后具有合理性的文化基因逻辑,在强调批评理性的抒情化表达,在追求艺术意象形成的文化生态环境元素的聚合,从而发现艺术家们独特的表达方式。所以说,文艺作品不仅是艺术家们的技艺操练场;也是面向艺术读者们的一面镜子,反映出他们的梦想;更是一扇窗,让批评者看到更精彩、更真实和更深远的文化传统。当然,这需要想象的定向意识,需要传统文化给予我们足够的想象空间。

最近参加了两场文艺研讨会,这种感觉尤其强烈。

一是2021年5月28日,由民进市委会、市文联、温大人文学院主办,评论家协会承办的"莫洛先生文学创作座谈会"。当代温州文学的前辈——"文坛三老"之一的马骅(莫洛)先生,不仅有自己杰出的作品,更有惠泽后辈的人生智慧和艺术精神。市政协副主席、民进市委会主委王丽峰盛赞其作品是"革命激情和文学激情的高度融合",浙江省写作学会会长金健人教授感叹其"博雅、博爱",金丹霞教授从"诗国流浪汉""寓言体写作者""闯入者""大爱者"身份入手感悟其"不吝啬爱的表达"的艺术呈现。文史馆馆员洪振宁先生从历史文化的高度,将莫洛现象理解为缔造东南文艺高峰的艺术文化基因。在会议中,大家感慨最多的是莫洛这样的名人现象和文学氛围,对今天令全国文坛高度关注的"温州的文学现象"的巨大影响力,以及莫洛先生"化人格为墨水"的艺术人生风范。

二是2021年5月16日,温州评论家协会自己主办的"电视剧《温州三家人》研讨会"。记得《温州一家人》播出时,我曾在2012年11月30日的《温州晚报》发表过《作为事件电视剧的〈温州一家人〉》,重点从电视文化学的角度谈电视剧的文化事件价值。8年多过去了,完整的"温州家人"系列使我拥有了更开阔的视野。很多人和我有同感,如果能够站在文化传统和文化基因的角度,相信会从中看到更多情节之外的文化启迪。

我认为,这是"家国情怀"带着温州色彩的表达,这是登上央视黄金时间、以区域性地名命名的系列剧,是温州电视剧制作的创举。作为"温州家人"系列的最后一部,《温州三家人》的播出再一次以更加浓烈的方式,体现了我们传统的"家国情怀"。性格化的温州企业家家庭成为中国改革开放40多年积蓄巨大民间发展力量的象征,支撑着韧性中国的高品质形象。从一家人到两家人,再到三家人,不仅是叙事情节、场面的拓展,更是精神的提升和视野的开阔,其制作和传播本身就体现了浓郁的温州精神。

我也认为,这是温州创业精神的史诗型展现,是温州民营企业家的赞歌。作为有着800多年创业文化基因的温州,不仅是传说中的创业沃土,更是现实中含辛茹苦和坚韧不拔的象征。"温州家人"系列展现出的奋斗精神,是我们宝贵的财富,更是我们不断创新、与时俱进的财富。《温州一家人》中充满了令人心酸的、不屈的呼喊;《温州两家人》中体现了温州人在如战场般的商场中的坚守;《温州三家人》

中体现了温州人为了伟大的事业而"破圈",走向新能源和文化创意,走向"一带一路",走向世界。党的十八大之后的新一代温州创业人,从遥远的国外奔赴父辈曾经奋斗过的故乡,在历史的维度上看到了发展中的温州人,看到了叶子凡、潘小勇、林知夏、曾知秋等人对温州精神的承接。

我更认为,这是华裔温州人对家乡的认同。与前两部的最大不同是,《温州三家人》的基调不再是忍辱负重和激烈的竞争,而是欢快和昂扬的,使事业、爱情、生活在矛盾旋涡中充满了深层次的和谐,是弥足珍贵的温州情结的艺术化的呈现,演绎了"我要回国"的新探路者的传奇,这背后洋溢着的是"温二代"和华裔温州人对家乡和美好生活的认同和向往。

设想一下,以上种种,如果不关注巨大的文化背景,对温州地域性文艺创作的评论,将会陷入怎样的局促和尴尬之中啊!

我很希望大家有机会看看洪振宁先生发表在2021年5月31日《温州日报》上的《优秀传统文化的现代价值——温州文化史简述》一文。他说:"温州,是人们诗意栖居之地,是个生物多样性和文化多样性都特别突出的地方""温州人似乎是商业智慧的代表、改革创新的斗士、创造财富的能手",这些现代的价值就来自温州世代累积的文化品格、文化记忆,甚至深入骨髓的文化基因。在2018年举办的"庆祝改革开放40周年"专题研讨会上,众多的专家认为,"温州模式"的诞生并非无中生有,而是基于温州文化的滋养和传承。洪先生也强调,温州文化多样性造就了文化张力与创造性,更滋润了丰富多彩的个性化的温州文艺创造。

茅盾文学奖获得者陈彦在其小说《主角》中说过,"在中华文化的躯体中,戏曲曾经是主动脉血管之一。许多公理、道义、人伦、价值,都是经由这根血管,输送进千百万生命之神经末梢的""唱戏是愉人,唱戏更是布道、是修行"。

他谈的是秦腔，我想到的是温州文化，如南戏等。南宋时的温州之所以被称作中国最有文化的地方，不仅因为南宋时温州才子状元辈出，还因为温州诞生了"百戏之祖"南戏。戏曲塑造人物的人格，也安慰着温州观众的灵魂——这成了他们道德伦理、生意哲学的学习班，也是温州人认同的训练所。戏曲如此，温州的许多文艺创作亦如此。

现在，《温州·声音 温州文艺评论（第三辑）》要出版了，我要代表温州的文艺评论家们，感谢温州文化给了我们想象、思考的动力、方向和营养，使我们选择的文艺批评成为偶遇中的必然，成为今天再三言说的美好生活的一部分，使我们有机会不断地接受艺术文化的精神馈赠。

是为序，祝愿温州的文艺评论事业更加繁荣昌盛！

目　录

◎ **聚焦**

创业之家"乘风破浪"
　　——《温州三家人》座谈会摘要……………………………… 3
《温州三家人》：温商出海与回潮，展现信义与家国情怀 / 马庆云…… 12
神飞扬　思浩荡
　　——戴宏海先生画展序 / 许　江…………………………… 15
民俗与女性
　　——戴宏海工笔淡彩人物画的古典意蕴 / 尚　辉………… 19

◎ **访谈**

本来
　　——书法博士六人谈 / 王　宏……………………………… 29

◎ **视点**

百年前的文艺范儿
　　——读《夏承焘致谢玉岑手札笺释》 / 金丹霞…………… 63
世界华文文学的"温州现象"
　　——张翎、陈河小说研究工作坊综述 / 欧玲艳………… 67
温州诗人的诸面孔
　　——以"70后""80后"为中心的温州诗人 / 黄家光…… 74

时间里游，空间里走
　　——读几位温州女性作家的散文／徐洪迪 ············ 82

◎鸿雁
雁过藻溪痕如风
　　——读张翎的《雁过藻溪》／薛思雪 ················ 89
给岁月留白
　　——读钟求是的长篇小说《等待呼吸》／白新华 ······ 93
从《金属心》到《猛虎图》
　　——评哲贵小说／韦　陇 ·························· 97

◎品文
《手工》：一篇全面开放的小说／晓　苏 ················ 105
妙趣横生背后的严肃思考
　　——评程绍国《人们来来往往》／朱小如 ··········· 109
时光消逝了我没有移动
　　——读马叙诗集《错误简史》／郑亚洪 ············· 112
杏花消息雨声中
　　——读陈友中《本色集》／张宏良 ················· 117
温州皮革界的"这一个"
　　——评傅建国长篇新著《皮王》／王剑峰 ··········· 120
读林新荣诗集《光阴越来越旧》／庄伟杰 等 ············· 124
口语的超标模式
　　——简评慕白的《麦麦酒》／壬　阁 ··············· 129
诗性与温情
　　——读胡兆铮校园小说散文集《跑道》／戴柏葱 ····· 132

施立松散文：岛屿写作的一种面目 / 刘 军…………… 135

◎戏韵

徐朔方的昆曲情结
　　——纪念徐朔方先生仙逝 14 周年 / 徐宏图 ………… 141
评新版《中国戏剧简史》
　　——纪念董每戡先生逝世 40 周年 / 徐宏图 ………… 146
另一种形式的"演剧"
　　——略论董每戡的剧本朗诵观 / 叶琦琪………… 150
老戏新篇精彩纷呈
　　——《南戏经典故事》后记 / 刘文起………… 156
岂得羁縻女丈夫
　　——观昆剧《红拂记》有感 / 胡胜盼………… 162

◎论美

近乡情更怯，诗书持敬始
　　——观赏"张索·辛丑迎春作品展"有感 / 胡念望……… 169
时光记忆中的田园牧歌 / 丁海涵………… 178

◎赏乐

从温州鼓词《杨志卖刀》看丁凌生鼓词艺术 / 卢和乐………… 185
品评歌曲《矾客情》/ 陈方敏………… 189
世事局中局，夕阳山外山
　　——评音乐剧《夕阳山外山》/ 夏海霜………… 191

◎ 影像

唯美·真实·暖心
　　——《只有芸知道》的动人细节 / 胡晓霞 …………… 197
文人情怀的影像钩沉 / 林　路 ………………………… 201
吴登采：文化奇观收集者 / 陈有为 …………………… 204

◎ 杂谈

瓯绣的前世今生 / 黄香雪 ……………………………… 209

JU JIAO
◎ 聚焦

创业之家"乘风破浪"

——《温州三家人》座谈会摘要

2021年5月16日,温州市文艺评论家协会召集评论家举行《温州三家人》座谈会,各位评论家积极发言,讨论《温州三家人》文艺现象。

关于《温州三家人》的三句话

蔡贻象(温州市文艺评论家协会主席)

《温州三家人》从开始筹办,到拍摄,直至完成播出,我一直密切关注,参与剧本的探讨,拍摄期间多次探班。《温州三家人》成功入选2018—2022年百部重点电视剧选题片单(第二批),这是温州文艺界的重大成就。《温州三家人》延续了《温州一家人》《温州两家人》的口碑与热度,多日取得全国收视冠军。看"温州家人"系列电视剧,不是单纯地从艺术性角度来看,更多地要从温州地方文化发展需求、地方区域文化精神载体这两个角度来看,这才是"温州家人"系列剧的艺术价值。

"温州家人"三部曲用家庭的方式来表达温州故事,通过"温州家人"来反映改革开放40多年温州人紧扣时代脉搏,在不断思变中探寻前行的道路。从《温州一家人》到《温州两家人》再到《温州三家人》的逐步递进、不断上升的过程,呈现了温州人的精神内核。9年时间,三部作品,聚焦一个城市的一个群体,"温州家人"系列作品俨然已成了温州人的文化标签。温州人坚韧不拔的精神,有电视剧三部曲不断地探寻、宣传,这样的传播方式本身就是温州人精神的一种表现。

《温州三家人》概括起来就是三句话:一是"家国情怀"的温州"在地性"表达;二是温州创业精神的史诗型展现,是温州民营企业家的赞歌;三是华裔温州人对家乡的认同。

《温州三家人》随想

孙良好(温州市文艺评论家协会副主席)

一是时代风云在该剧一一呈现:21世纪,尤其是2014年以来的重要事件,特别是经济(商业)上的重要事件以不同风貌呈现。

二是在温州看中国,看世界:剧中人以温州和欧洲部分地区(西班牙)为中心展开活动,新时代背景下中国和世界之格局得以具体而鲜活地展现。

三是"创二代"成为主角:新一代温州人基本拒绝做"富二代",他们不坐享其成,也不是简单地追随父辈,而是另开新局,开创属于自己,也更符合时代潮流的事业。

延续温州文化品牌的高光时刻
展现温州的文化力量

张宏良(温州市文艺评论家协会副主席)

从《温州一家人》到《温州三家人》,串联的是温州改革发展的昨天、今天和明天,展现的是可歌可泣的新时代温州人精神。《温州三家人》

以复合式叙事手法，描绘了温州创业者筚路蓝缕、薪火相传、创新发展的感人故事。守正是根，创新是魂，守正创新构成了新时代的温州人精神。《温州三家人》延续了温州文化品牌的高光时刻，展现了温州的文化力量。温商创新、创业影视力作的推出，值得我们鼓与呼。

审美创造，如何在当下成为可能？跳出温州看温州，正如《温州三家人》的编剧程蔚东所言："如果我们想要打造现象级的艺术精品，就必须把生活中的'鲜活'放到历史的长河中去惊涛拍岸，去激流汹涌。"过去、现在与未来，艺术家的"时代性"就是一个更加广阔的时间维度，只有将自己的作品放在这样的时空中，才能书写出像马克思预言的"历史的必然"性质的，以及超越当下物理时间的优秀作品。我们都在路上，期待下次更精彩。

创业类型剧的拐点

黄碧红（温州市文艺评论家协会秘书长）

现在红色类、历史类题材的剧不少，甜宠类、偶像类、职场类的剧层出不穷，纠缠家长里短题材的剧太多了，而能直面当下、剖析今天的剧太少了。《温州三家人》是温商创业、创新的电视剧"三部曲"之一，向世界讲述改革开放40多年的温州故事和中国故事。剧情符合当代气息，挖掘生活的深度，突出了温州新时代青年的创业精神，填补了目前电视剧市场的题材空缺。此为创业类型剧的拐点，有突破之功。

新主流电视剧的三大气质

叶琦琪（温州市文艺评论家协会副秘书长）

一是创业领域紧扣时代。作为"温州家人"三部曲的收官篇，《温州三家人》在前两部的基础上，将视野对准了温州老一代企业家的坚守和新一代青年的创新、创业。《温州三家人》的故事紧扣时代脉搏，聚焦智能制造、新消费形态、光伏产业、潮流发电、人工智能等科技领域，实际上是对今天中国社会的全方位扫描，所有人物的出场和作为，都有明显的时代标志。

二是角色选择以青年为主。本剧注重家国情怀的多元表达，从老一辈的坚守到新一辈的创新，都呈现出"三家人"吃苦耐劳、砥砺前行、敢为人先等的精神。本剧致力于与年轻观众接轨，每个青年都有自己的困惑和迷茫。剧中"创一代"和"创二代"之间的代际冲突，亲情、友情、爱情的情感纠葛，让年轻观众有一种代入感。

三是剧情元素紧扣温州。电视剧中出现了许多温州元素：传统非遗有瓯绣、瓯剧、廊桥等；温州美食有矾山肉燕、敲鱼、南麂岛大黄鱼等；山水景点有铜铃山、江心屿、百丈漈……这部电视剧成为宣传温州的金名片，既让本地人看了有亲切感，又可以将影像资源转化为文旅资源。

不仅回应了时代的呼唤，更赢得了格局

胡胜盼（温州文艺评论家）

一是《温州三家人》是一代温州人的温馨回忆。追着看完《温州三家人》，我不禁想起另外两部电视剧来。一部是1994年陈宝国等主演的电视剧《喂，菲亚特》，另一部是1991年由李莉执导，李羚、曹翠芬、谢园领衔主演的电视剧《上海一家人》。这三部电视剧看似没有关联，但对于我而言却有特别的意义。《喂，菲亚特》令我印象深刻的在于，它让我第一次从电视剧里看到了家乡温州，以至于几十年过去了依然对其念念不忘。而《上海一家人》播出后，我就一直惦念着是不是会有后续，那一家人以后又会怎样。可以说，这个惦念一直到"温州家人"系列播出。没能从《上海一家人》那里得以圆梦的我，从自己家乡的影片《温州三家人》这里得以圆梦。我认为影视剧的最大魅力在于透过屏幕看见自己的人生，照亮自己的梦想。停留于影视里的记忆往往会温暖人的一生。相信《温州三家人》的圆满收官，会留给新一代温州人绵远而又温馨的记忆。

二是温州剧正在逐渐扩大影响。从"一家人"到"三家人"，从剧名上看有着内在的关联，但又各自成篇，相映成趣，这是"温州家人"系列电视剧最具匠心之处。如果"一家人"是创业史，意味着挣扎，那么"两家人"就是发展史，意味着碰撞，"三家人"就是超越史，意味着裂变。"温州模式"的出现成就了改革开放以来温州的辉煌，进入中国梦发展轨道之后国人再次把目光投注到了温州身上。这时温州以艺术化的回答，印证了"温州模式"的转型超越。可以说，"温州家人"系列电视剧不仅回应了时代的呼唤，更赢得了格局。生生不息的温州剧形成了很好的口碑效应。《温州三家人》给"温州家人"系列电视剧画上了一个圆满的句号。但这个句号是完美蝶变的逗号，它不是结束，恰恰是开始。

与家有缘，与商有情，与时俱进

蒋念文（温州文艺评论家）

一是凸显与时俱进的正能量。从"温州一家人"到"温州三家人"，剧情与时俱进，展现了从"站起来""富起来"到"强起来"的巨变历程，是中国民营经济发展的一个缩影。电视剧《温州一家人》叙述了在"以经济建设为中心"的中国改革开放大背景下，温州民营经济的复苏与发展，杭州武林门一把火，让温州经济回归到信誉至上的商道上来，拓宽了国内市场，并以诚信开启意大利餐馆生意的大门。电视剧《温州三家人》则更多地是以"一带一路"为背景的经商故事，生意范围不断扩大，先有印度尼西亚矿业项目，后有意大利留学生服务项目。

二是彰显"温"字号地方特色。有人说，温州商人是世界上最能创业的群体之一，他们往往能从没有市场处找出市场，从鲜为人知的边缘经济的夹缝中杀出一条血路。"温州家人"系列电视剧讲的都是温州人的生意头脑与生意经的故事，所不同的是，《温州三家人》更多地聚焦年轻后代叶子凡、潘小勇、林知夏和曾知秋以新思维独立创业、闯出自己的一片新天地的故事，回答的是"传帮带"的问题。"你永远是我的英雄、我的偶像。"林一山的后代以他为榜样，血液中流淌着原始创业基因与精神，为新一代温州商人创业保驾护航。另外，值得一提的是，参演该剧的既有张陆、毛毅、顾璇等青年演员，又有巫刚、刘佩琦、杜雨露等老艺术家，"老戏骨"带着年轻人演，这种"传帮带"的精神，十分符合剧情设置，戏里戏外都一样，提高了观赏性，适合不同需求的人群观看。

三是突出与"家"有缘，彰显烟火气，充满人性的关怀。"一家人""两家人""三家人"，与"家"有缘，凝心聚力，抱团取暖，书写家国情怀。家国情怀让新一代温州商人走出家族企业的窠臼，散发新时代的光芒。

新锐·真挚·风雅的时代温州人群雕

周红寰（温州文艺评论家）

一是新锐的做派。温州人敢为天下先，已成为世人的共识。所以剧中的温州年轻人在寻求自身发展的道路时，已不满足于父母经营得很成功的传统事业。他们将几间旧厂房改建成创意产业园，创立电商"名品汇"，创立"顶鹤网"……超前的商业思维与创新技术在剧集中不胜枚举：伟业国际和鸿辉集团争夺石墨烯技术的专利之战，林一山发明潮汐发电新动能，叶乾坤父子的智能泵阀开发……剧终时，编导还让叶子凡和林知夏携手争取智能机场设计项目。从艺术的视角来看，这些新锐的做派确实把握住了新时代工商业发展的脉搏，最能体现温州工商业年青一代的朝气蓬勃和这座城市值得期待的未来。

二是真挚的情义。本剧在表现人物之间的情义时，摒弃了过度戏剧化的方式，情感铺陈平实而有内涵。即使故事跨越温州和巴塞罗那两地，包含不同国籍的人物，温州人在跨国商战中依然展现出了有情有义的一面。其实这就是温州人的真实写照，平凡的情节反而使剧作更合乎情理，也符合现实中温州人的性格——在外抱团，日常生活中富有人情味。

三是风雅的诗意。令人惊喜的是，这部剧出现了很多富有哲理及诗意的台词。温州是中国山水诗的发祥地，曾涌现出许多具有影响力的读书人；虽然温州人后来以经商而闻名天下，其实文脉从未断绝。与商业社会的温州人给人讲求实际的惯常印象不同，诗意的剧本呈现出温州人风雅的一面。其中出现的"瓯江口""瓯剧演员""瓯塑作品"等温州地域和文化元素，会令人不由自主地产生一个强烈的期待——温州题材电视剧会使上述"瓯"字号的元素风靡全国。

讲述新时代的故事 展现新时代的风采

周红（温州文艺评论家）

一是立足温州，讲好"中国故事"。作为曾经的改革开放"试验田"，温州历来不乏瞩目的成绩。"温州家人"系列电视剧正是因为讲好了各个时期的温州故事，才能产生如此良好的效果。电视剧《温州三家人》以三户家庭为叙事对象，讲述了以"创二代"人物为主，以"一带一路"为主要路径，以促进制造业产业迈向全球价值链中高端、培育世界级先进制造业集群和具有全球竞争力的世界一流企业为己任，以实现"世界的温州""制造的强国"和中华民族伟大复兴的中国梦为目标，所经历与开拓的新的奋斗征程的故事、情怀与精神。

二是深挖内涵，诠释"温州精神"。导演苏舟说："温州人有永不言败的精神，非常有追求、有抱负。"《温州三家人》围绕温州三家人的奋斗故事展开，以"创二代"为主线，他们希望舍弃父辈创下的财富与荣耀，走出一条自己的创业路子，立志将"温州制造"带出国门，走向世界，将温州经济发展与世界接轨。其中穿插着三家人之间的爱恨纠葛，故事情节抓人眼球。苏舟说："温州精神，以三部长篇系列剧的形式缓缓道来，真是一种幸福，也是温州人的骄傲。"

三是强强联合，续写"时代史诗"。《温州一家人》与《温州两家人》和《温州三家人》共同形成反映温州改革开放40多年历程的电视剧三部曲，旨在以温州人特有的方式，创造中国影视文化的温州形象。国家一级编剧程蔚东为《温州三家人》操刀。程蔚东说："温州人听起来有个地域概念，但是他们的传承和碰撞，让我深刻感觉到，温州不仅是浙江的温州、中国的温州，更是世界的温州。"

"温州人"系列剧是温州市委、市政府多年来重视的重点工作之一，也受到温州本地人，以及走向全国、全世界的温州人的热切关注。

而该剧所着重体现的"一带一路"、温商回归、改革发展、乡村振兴、互联网经济、人工智能等元素，对于当下和未来都有一定的启示作用和借鉴意义。一部剧的红火，离不开诞生它的土壤，更离不开催生它的时代。

《温州三家人》：
温商出海与回潮，展现信义与家国情怀

马庆云

《温州三家人》这部电视剧以三个温商家庭为叙事对象，分别呈现了他们在全球经济建设当中的积极作为，尤其是温商的"出海"和"回潮"最为精彩。在这些从商故事当中，最终展现的是温州商人的信义精神和家国情怀。三个家庭，两代温商，通过《温州三家人》这部电视剧，呈现出一种温州人的商业精神的传承，甚至可以说，这部电视剧很好地解释了"温商为何可以成功"这个问题。

《温州三家人》在叙事内容上，聚焦了"出海"和"回潮"两个主题。其中一个温州家庭，已经在欧洲建立了非常不错的餐饮集团，并且进行各种有效并购。而温州的本土集团也开始进军印度尼西亚，在镍矿资源的竞争中争夺更多的经济话语权。这些内容都是温商出海、积极参与全球市场竞争的体现。

而温商回潮，则聚焦下一代的年轻人。剧中青年男主放弃继承家族海外产业，毅然选择回国创业。他要投资产业园区，实现小微企业集中办公，并且在这个创业园区进行"独角兽企业"孵化。这一发达国家的热门产业，在温商回潮的过程当中，也被顺势引入温州本土。

基于上述剧情内容可以说，这部《温州三家人》的故事主线，其实就是温商如何带领集团出海，实现全球资本的有效布局，如何积极参与全球市场的竞争大潮，并且逐渐提高经济话语权。此外，该剧也讲述了全球的先进经济模式是如何被年青一代的温商们带回来，在本土实践发展,继而实现更好的中国化的建设。《温州三家人》的叙事格局,正是温商的出海与回潮。

在出海与回潮的过程当中,展现的是温商的信义和家国情怀,尤其是温商身上的互助精神,以及对国家经济建设的积极参与、协作精神等,这些剧情内容也从侧面说明了温州商人在国际竞争中脱颖而出的原因。

比如,伟业国际积极进军东南亚的红土镍矿市场,并非完全出于商人逐利的考虑。由巫刚老师饰演的叶乾坤董事长,对这次商业布局有非常明确的说明:这是从镍矿的源头入手,如果这些矿产被其他国家的资本控制,最终形成垄断,就会出现其他矿石企业联合涨价的局面,从而危害中国企业的经济安全。因此,剧情设定,这次温商出海,其实是为中国经济的全球化战略做准备工作,具备很好的家国情怀意识。

在印度尼西亚的红土镍矿市场竞标过程中,突然冒出来一个扎尔克财团,并且把保障金提高到了两亿美元。而这个扎尔克财团,其实已经在其他国家的矿产经营中拖欠了大量费用,它要占领印度尼西亚的红土镍矿,就是想要实现一家独大的局面。为了实现这个目的,扎尔克财团不惜"绑架"伟业国际的董事长,造成叶乾坤差点无法参与竞标。

伟业国际最终获胜的关键,则依靠温商的实力和信义,以及温州领导对于集团企业的有力支持。《温州三家人》已经播出的剧情内容当中,很好地解释了伟业国际为何能够竞标成功这个问题。

首先,保障金从千万美元升至两亿美元,温州有关部门能够在最短的时间内帮助企业解决资金问题。这是伟业国际实现国际化的最关键一步。诚如剧情所言,当年欧美企业能够横扫全球市场,是因为他们背后有强大的国家支持。而今天,中国企业开始积极参与全球经济建设,也是因为祖国在背后给予强而有力的支持。

其次,伟业国际处变不惊的工作能力。即使董事长被扎尔克财团"绑架",依旧处变不惊。董事长的儿子来到印度尼西亚之后,在乱局中抽丝剥茧,在最短的时间内"营救"父亲及其工作团队,让大家迅速进入竞标的工作状态。这正是温商的战斗精神,是在大风大浪中培养出来的素质。

最后,顺利中标,也离不开印度尼西亚当地企业的帮助。这些帮助,则是温商信义的重要呈现。帮助伟业国际的"老印度尼西亚"其实是中国华侨,当他的公司遭遇东南亚金融危机的时候,正是由于得到温州企业鸿辉集团的鼎力相助,才渡过难关。鸿辉集团在关键时刻,通过"老印度尼西亚"帮助伟业国际,展现了温商的协作精神。在温州,鸿辉集团和伟业国际是竞争对手;但在国际上,大家需要合作共赢。温商精神是合作互惠,而不是恶意竞争。

在温商出海的剧情中,能够看到温商对于国家经济建设的一份责任感,能够看到温商之间的合作互助、临危不乱的战斗精神,这份信义和家国情怀,是温商最难能可贵的商业精神。

而在温商回潮的剧情当中,也有大量的温商互助、努力发展民族经济的内容呈现。这些内容主要集中在青年一代的创业当中。两位温州青年在国外遇到自己的女老乡被"家暴",他们积极帮助、协助女老乡回国。稍后的剧情则是几位温州年轻人带着崭新的产业园模式回到温州,建设自己的产业孵化基地。

在《温州三家人》当中,青年一代有责任、有担当、有理想、有抱负,他们能够真正参与国家的经济腾飞建设,并且有效助力,这是非常重要的闪光点。目前已经播出的剧情,对这些青年的创业内容暂时展示得不多。但我相信,在这些温州的青年商人身上,也能看到温商成功的原因。

诚如《温州三家人》的片头所言,商战最好的境界是商合。"我要帮着社会,摆脱贫穷……"《温州三家人》通过温商的出海和回潮故事,向观众传递温商合作共赢的意识,以及家国天下的大情怀。

神飞扬 思浩荡

——戴宏海先生画展序

许 江

杭州，南宋时称临安。绍兴年间，虽山河残破，却依江南故地，深耕坚守，积成一时繁华。南宋御街的繁盛究竟怎样？戴宏海先生的画作《南宋御街》，以近9米的长卷展现了古杭城的浩瀚盛景。

该图自皇城的和宁门至众安桥，横贯南北，将4000余米的繁华收在悠悠长卷之中。皇城明堂画殿，楼宇参差。皇家车驾，骠马华盖，好不浩荡。朝天门外，繁市雕楼，瓦肆勾栏，往来行马，热闹街舞，让百姓生活、万般风情布列目前。戴宏海先生的这幅画虽一街相贯，却让古国文明、名城风韵得以丰沛地展现。朝天门以北的庄严气象、以南的和风谐韵，形成了古之名城名街的风采写照。华夏江南千年的风姿聚于其间。这不仅是一幅画，更是一部城市的历史。2006年，浙江重大题材创作工程中段考察之时，这幅画长长的草稿横展于大厅中央。令众人惊叹的是，这长街上的每一座门楼、每一宗字号，这楼群的每一个檐角、每一段栋梁，这往来的每一驾马车、每一挑重担，这集市上的每一张面孔、每一身衣裙，无不有仔细的考据、精当的描绘。近9米的长卷，如若9米左右的舞台，在上面，宋代在行走，江南在穿梭，我们理解的中国盛世在行歌畅舞、飞扬浩荡满天和气，太平有象，正是飞花片片丰年瑞。这幅作品也因此成为浙江重大历史题材美术创作第一期工程中最贵重的一幅。

在这幅长卷中，戴宏海先生完满地继承了《清明上河图》的中国写实风情绘画的传统。楼宇繁盛，勾栏叠错，这种俯望角度将都市景象放在一种如若山水的俯察之中，视线太高则形象变形，太低则人物景观难以展现，如此角度，《清明上河图》用之，《富春山居图》用之，千山万壑、千家万户俱在画中。那万物按街铺、街道、近景人家三条线来延绵铺展，商肆高低错落，街行聚散相间，勾栏深浅无定，三条街仿佛三条故事的线索，跳匿精彩，铺展有趣。其间又以朝天门分段，以皇家行驾表现浩荡、以城门街道表现闲适、以商铺勾栏表现繁华，将无尽的盛世华街的变化纳于总体的节奏之中，上下呼应，左右传递，形成社会史百图的容量，让一个民族数千年的风华得以鲜活地展现。如此繁密，又如此精准，可见画家的用心良苦。戴宏海先生积三年的心血、半生的修养，塑成这繁街盛景，浩瀚无尽，其中广袤的学识、非凡的气度，是历史绘画最令人敬佩折服之处。

长街集市，人潮涌动，红映霄汉，喧阗满纸。绘画的大场面是难以驾驭的，戴宏海先生正是这方面的里手行家。他的几件代表作无不是这大场大景的宏幅大作。从《文成公主入藏图》到《乾隆南巡》，戴宏海先生满纸铺呈，命笔挥洒，人越多，景越大，越见调配风度。《文成公主入藏图》采用马王堆的竖形构图，将不同景物错置其间，山树转换，烟云传递，造型上颇多汉唐的踪迹。《南宋御街》既借上河俯望的形制，又呈江南工笔秀丽之风。到了《乾隆南巡》，更是凝成一种碑制式的块状饰风，人物群化而立，簇群交错，显出整体的韵致，打造烟云千顷中的皇家气派。这幅画中，戴宏海先生力创的江南盛景的图式，被推到一种模块表现、自由铺陈的境界。

近年创作的《十里红妆》更将这种图式凝成红锦铺暖、随风摇荡的和畅。在这里,"满"成为一种方法,一种神飞扬、思浩荡的独特方式。月夕花朝,绣车盈路,如是韵致,让江南风华不胜细数。满纸风华,盛景婆娑,人物的形象生动饱满,却总易在纷华中遮没。"难画处,激起浪花,飞作湖间雪。"而在这画幅之中,那街行的官贾百姓,红男绿女,哪个不是生姿动貌恰在其中。随便从盛大场景的某处观望下去,无论是街头观戏寻欢的人群,还是门前践行鞠揖的老幼;无论是海塘旁跪拜的百姓,还是骠壮挺立的马匹;无论是十里红妆的送亲队伍,还是婀娜多姿的舞班,都是精彩纷呈,传神巧媚。戴先生的这种人物塑造方法,早在他20世纪80年代创作的《柳毅传书》中就得到了很好的表现。这是一套精彩的线描,柳毅传奇中神人一体,徘徊辗转,被如风如浪的线表现得淋漓尽致,那种如梦如幻的韵致令人难忘。《二十四孝组图》的朴拙,《红楼梦金陵十二钗》的散漫,都充分显示了戴宏海先生的笔下功夫、彩墨风味。

中国工笔,重在用线。张彦远《历代名画记》中有言:"古之画,或能移其形似,而尚其骨气。"移其形在真,尚其骨在神。"今之画,纵得形似,而气韵不生,以气韵求其画,则形似在其间矣。"骨气存,气韵呈,形似就有了。戴宏海先生的线描正有其气韵生动的独到之处。他的下笔运线工细纤巧,深思尽在挥毫落笔之意。人景兼顾,形神相得,其意纵横,乃潇洒流利之致溢于楮素之外。戴宏海先生往往于浅淡处命笔传神,每一条线都合于情势,虽轻描淡写,人物风神却活于纸上。在大庭广众之下,尤能形象各异,风采独现。戴宏海先生的工笔,洒然骨笔,浅淡色墨,笔砚磨砺,人生真味,如此方法,成就江南人物的韵致,也积成江南工笔的风华。戴宏海先生也因此当之无愧地成为浙江工笔绘画的代表之秀。

望秋云,神飞扬;临春风,思浩荡。戴宏海先生的工笔绘画既存秋云的凝神飞扬,又抒春风的思远浩荡。那不尽的人物、城郭、山水、烟霞，蕴含着深深的守望，让我们既见风物，又识情怀；既观风雨，又领不绝的诗心。

（作者为中国文联副主席、浙江省文联主席、原中国美术学院院长）

民俗与女性

——戴宏海工笔淡彩人物画的古典意蕴

尚 辉

　　从绘制连环画的画师，转为中国画画家，这是新中国美术发展史中引人注目的现象。20世纪五六十年代是新中国连环画大发展的时期，一方面是连环画在表现新社会的文化思想方面具有快捷而普及的优势，促使连环画迅猛发展，成为新中国大众美术的代表；另一方面是从事连环画创作的画家众多，形成了以出版社为中心的多点散发状作者群体，一大批自学成才的作者通过创作连环画走上了专业画家的道路。数以百计幅面的连环画创作，促使这些作者深入文字脚本，绘制故事的原型人物与现场环境。他们对现实生活的了解，使这些连环画无不具有新中国倡导的现实主义特征。尤其是大量连环画的创作，使作者在体态多变的人物造型掌握和神态各异的性格描写驾驭上，练就了一手硬功夫。而从传统线描入手创作的连环画画家也大多在日后开始了某种自觉的中国画创作转型。戴宏海就是其中的佼佼者。

　　像许多开始进行连环画创作的画家一样，戴宏海学习绘画是从临摹刘继卣的《东郭先生》《鸡毛信》等连环画开始的。他16岁第一次创作的连环画《高机与吴三春》就入选了浙江省第一届美展。此后，他赴沪拜海派画家李成勋为师，精研中国画，上溯唐宋，下涉明清及近代大家，通过临摹《八十七神仙卷》《簪花仕女图》《永乐宫壁画》等名作，打下了扎实的中国画传统线描与重彩功底。在此基础上，他先后绘制了《弦高救国》《牛丙砸盐店》，其作品由天津人民美术出版社正式出版。不难看出，戴宏海的连环画创作涉及的基本是古代题材，并以中国画线描为主要表现方法。因而，20世纪70年代他便开始工笔画创作，先后以《赤脚医生》《水乡新貌》《大寨红花遍地开》等工笔画入选浙江省美展。

20世纪七八十年代迎来了中国连环画发展的黄金时代。连环画不再局限于儿童阅读，已经成为全民喜爱的一种图书形式，那些画作甚至起到了解禁思想、启迪智慧、激发审美、愉悦性情的作用。一时之间，几乎所有的美术家都参与到连环画创作中，戴宏海也进入了自己艺术生涯的连环画创作高峰期，创作了《白玛的故事》《斩王莽》《李自成》《六和填江》《双玉蝉》《促织》《水浒传·英雄排座次》《岳飞》《周三畏挂冠》《王安石变法》《李固对策》和《柳毅传书》等，其中《岳飞》（组画12幅）、《周三畏挂冠》（组画10幅）工笔重彩连环画入选第六届全国美展，《王安石变法》获第三届全国连环画评奖三等奖，《柳毅传书》工笔重彩连环画入选第七届全国美展、获第四届全国连环画评奖三等奖。

戴宏海的连环画，从比较接近刘继卣画风的《闹龙廷》《弦高救国》，到自己的画风逐渐显现并以流畅勾线为特征的《六和填江》《周三畏挂冠》等，展现了他自己绘画叙事的艺术特征；而《白玛的故事》所开始的工笔重彩也暗示了他对中国画创作越来越浓厚的兴趣。在20

世纪七八十年代，他的创作往往是多向并举的。这就是说，他以连环画创作为基础，时而将部分白描连环画改画为工笔重彩组画，如《岳飞》（组画12幅）、《周三畏挂冠》（组画10幅）等都是对原创全本白描连环画进行节选，再度进行工笔画创作；时而将连环画母题进行单幅工笔画创作，如获第三届全国年画评奖二等奖的《岳飞》工笔重彩四屏条、《古代英雄少年》中国画四屏条和《群仙祝寿图》等。戴宏海对工笔重彩的运用能力与日俱增，乃至创作《柳毅传书》时，41幅画全部用工笔重彩绘制。

《柳毅传书》是他艺术创作的分水岭。一方面，这套连环画是他连环画创作的艺术巅峰；另一方面，开启了以工笔人物画为主的艺术创作转型。相比于《岳飞》（组画12幅）的色彩富丽、勾线浓重的重彩，《柳毅传书》勾线的色度被降低，而且随着物象的远近、转折而产生浓淡不同的墨色变化。其敷色也不再厚重浓艳，而是降低饱和度，以墨融色使画面色彩趋于古雅，尤其是多层分染、罩染和晕染，使色彩达到淡而厚、薄而润的艺术效果。相比此前其连环画注重情节性的叙事描写，《柳毅传书》更注重绘画性叙事。这就是绘画的平面性使画家更注重线条与色彩关系的融合性处理，使画面从那种刻意的装饰意趣，转化为更加流畅自然的形式分析与运用。显然，《柳毅传书》获得成功的原因并不是情节叙事的技巧，而是工笔淡彩的古雅为柳毅爱情故事渲染出的深切哀婉的情愫。作为戴宏海艺术创作的分水岭，《柳毅传书》标志着他从工笔重彩向工笔淡彩的转化，实现了从连环画画家至中国画画家的成功转型。

其实这种转型并不只是画种的转换，更是对艺术更深刻的思考。

戴宏海不只注重绘画技艺的提高,更注重文化修养和艺术理论研读。他的这些古代题材的连环画创作,形象地展现了他在中国历史与古典文学方面浸淫已久。而这些数以百计的连环画面,从情节设计、道具考据、场景布置,到人物造型、线条勾写、色彩晕染,无不体现了画家较高的综合艺术修养。

作为当代工笔人物画家,戴宏海给人印象最深的作品,无疑是他参加由中共浙江省委宣传部等省级机构组织的浙江重大题材美术创作工程的《南宋御街》、参加由文化部①等国家机关组织的中华文明历史题材美术创作工程的《乾隆南巡》,以及《文成公主入藏图》《武则天》和《昭君出塞》等古代历史题材的人物画。这些古代历史题材人物画是他连环画创作的延续,更确切地说,他此前创作大量连环画似乎都可视作在为他创作这些大型古代历史题材的人物画进行形象素材与创作经验的积累。而连环画对生活形貌表现的丰富性、对情节描写的生动性,都被他有效地融入大型古代历史题材人物画创作中,甚至大的历史场景的描写也是通过这种对市井生活的生动描写而引人入胜。

《南宋御街》以12世纪至13世纪临安(今杭州)的繁华街市为描写对象,着眼于对南宋繁华都城的细微描绘。这幅画采用了全景式大场景的构图,借鉴了《清明上河图》那样的手卷展开模式,以御街为画面的横向轴线,由此展开了御街两侧商铺林立、市井生活的众生相。画面精心绘制了1150个人,涵盖了不同阶层各行各业,涉及祭祀、婚礼、杂剧等都市景观。描绘的人物平均只有8厘米长,却塑造出身份各异、

---

① 2018年,组建文化和旅游部,不再保留文化部。《乾隆南巡》创作于2016年,故文中用"文化部"。

体态不同、形貌生动的人物形象。尤其是人物服饰以《清明上河图》和《中国历代服饰》等为依据，使画作所体现的南宋民风世俗更加翔实生动。从中不难看出，画家深入历史，以史实为根据，对小到服饰大到祭祀、婚礼所进行的深入考据，体现了画家在文史方面做了深厚而扎实的功课，从而使画面呈现了真实可信的南宋民风世俗景观。尤其是这种呈现不是碎片化的实录，而是在艺术取舍的再创造上典型化地呈现了规整的城市建设、肃穆的皇家郊祭和鲜活的市井生活，将微观与宏观有机结合，充分展现了画家驾驭宏大历史场面的能力。

对民风世俗详尽入微的描绘，同样体现在《乾隆南巡》的创作上。《乾隆南巡》描绘的是乾隆在决策修建海塘工程后，亲临浙江海宁考察海塘工程的场景。此作不仅将乾隆第六次南巡落笔到兴建海塘工程这一具体事件上，而且把工人修建海塘工程与乾隆率文武百官、声势浩大地亲临海宁鱼鳞石塘视察的场面有机地结合在一幅画面上。这幅作品同样是全景构图，将数以百计的官民形象有序地集中在画面上，着重刻画了乾隆皇帝亲临鱼鳞石塘视察的英姿。文武百官与百姓聚集在一起，考量的是画家的构图整合能力，但这幅画作的精彩之处并不止于这种整合，而是整合之中对各种人物的描绘。如乾隆威严而兴奋的神态、众多工人停下劳作跪拜的情景，特别是处于画作前景中的那些驮运石料的牛车、准备茶饮的农妇、围观百姓的神情等都被刻画得丝丝入扣，展示了画家对清朝盛世民风世俗的深入刻画。换句话说，人们从画面中欣赏的是画家对乾隆南巡时民风世俗情景的描绘。

以《南宋御街》《乾隆南巡》为代表的古代历史题材的创作展现了戴宏海驾驭大场面、表现民风世俗的绘画能力。他在描绘世俗生活方面又尤其注重对女性生活的绘写。他的《大屋的女人们》或许是他对民风世俗生活近距离的描绘。一方面，他迷恋对晚清女性服饰的绘写，那些服饰所体现的线条与晕染本就是工笔淡彩最擅长表现的艺术语言；另一方面，他从这种描绘中表达对那个时代女性命运的关注与同情。《大屋的女人们》只有年龄、身份、扮相的差异，都不能摆脱那个"大屋"里哀怨委屈的共同命运。《穿旗袍的女人》《余音》《江南丝竹》等，或许表现的都是画家对江南民乐与温婉女性之间内在关系的一种思考。的确，江南丝竹的典雅淡远无不是江南女性特征的审美流露，而戴宏海发掘的正是这两者之间的某种关联。作为一名画家，他通过女性的体态与服饰来呈现自己对女性命运与情愫的审美表达。

　　值得注意的是，画家在这些作品中充分展现了从《柳毅传书》就开始的工笔淡彩语言探索。之所以用淡彩来置换重彩，就在于画家试图以水墨融入工笔，进而形成独特的面貌。他在这些画作中的勾线以婉转流畅见长，甚至有些地方或以晕染和勾线并行，或以晕染来替代勾线，使淡墨的成分占据画面更多的空间，相应减少色彩的空间；即使是敷彩也鲜有深厚的饱和色，甚至回避色彩的对比，而是以墨融色，使画面更多地体现一种淡雅而温润的色韵。他画《十里红妆》《国色国服》都是以红色为主调，但这些红色不仅与大面积的墨色相衬，而且以水稀释，反复晕染，形成隽永的润染韵味。最重要的是，戴宏海创作的历史题材的巨制，画面上众多建筑、密集人群没有哪一种色彩能够统揽全局，唯一不能少的是那些细劲绵长的线条。熔铸成戴宏海工笔画的正是淡彩方法的开发与运用。尤其是他表现的江南女性正因工笔淡彩而更凸显了那种温婉典雅的审美特质。

实际上，民风世俗的驳杂丰富始终贯穿于戴宏海的创作历程，工笔淡彩正是借助江南女子窈窕的身姿与旗袍所展现的线条使画家更加鲜明地阐释出典雅的江南文化意蕴。

（作者为中国美术家协会美术理论委员会主任，《美术》杂志社社长兼主编、博导）

FANG TAN ◎ 访谈

本来

——书法博士六人谈

王 宏

本来，便是开始，便是原先。"本来嘛！"换一种口气，变成了"理所当然"。《醒世姻缘传》第二十一回有云："你去走一遭，回来也误不了你的正果。但不可迷失了本来，堕入轮回之内。"细细想来，莫非此亦书论乎？

笔者曾对陈忠康、戴家妙、林峰、潘一见、王客、周延六位书法博士分别访谈，作为"本来"专题，在《瓯雅》艺术刊物上刊发。

书法的日常化与日常书写
——中央美术学院美术学博士、中国美术学院书法学院院长陈忠康访谈

作为从温州走出的第一位书法博士，陈忠康在某种意义上，已经成为温州青年书法家的楷模，他的书法取法于"二王"，用笔精熟，法度森严，引领了帖学的"二王书风"热潮。

日前，我们来到他在北京的工作室——大通堂，就有关书法问题进行访谈。

王宏：最近大家认识到了"日常书写"的重要性，《兰亭序》《祭侄文稿》也是在"日常书写"中产生的。您的博士生导师邱振中教授

曾在接受访谈时说，日常书写对中国书法的发生，对中国书法基本性质的确立，极为重要。但是在书法发展过程中，日常书写的意义一直在改变，而且是渐渐地退出它的核心位置。在今天，要让一位书法家通过毛笔的日常使用，回到前人那种在任何书写中不计较得失的状态，恐怕不太可能。您又是如何看待日常书写的？

陈忠康：把书法艺术融入日常书写中，现在的状况是钢笔代替了毛笔，电脑打字又代替了钢笔，使得文化的土壤、书法赖以生存的土壤，以及书法的实用性荡然无存。这一点与昆曲、京剧的发展趋势一样。相比较而言，反而还是书法发展得最好。甚至从人数上来说，与历史上的鼎盛时期相比，书法的人才数量没有减少。

这里存在两派观点，一派的观点是既然书法已经失去了实用性，那就向艺术性发展，如王墉提出的"艺术书法"概念，把书法当成一种视觉艺术；另一派的观点是要恢复传统的书写氛围，不然写出来的字只能是有形而无神。

在此就要搞清楚什么是视觉艺术。书法是视觉艺术的同时，又不仅仅是一种纯粹的视觉艺术。书法中蕴含着很多需要靠视觉之外的感觉去体会的因素。西方的视觉艺术讲究的是视觉冲击。书法除了视觉的美感之外，更多的是讲究内涵、靠玩味、靠品味，去体会它的幽微技巧、味道，技以载道。书法是有底蕴的，一个好的书法家，不仅要写字，还要培养自身的修养、见识、格调，与现在所说的纯视觉艺术是不一样的。

传统书法也是讲章法、字法、笔法的，技术层面也是一样的，但阐释书法、解释书法的方法、词汇有所变化。以前的人谈书法，只说结构、部件；现在的人说书法，则说点、线、面、节奏、时间、空间——引进了很多西方的术语，从另外的方面完善了书法的形式理论。

因为西方在视觉心理学上，尤其是视觉图形的研究上，比中国有些方面要更科学。但是完全依赖西方的视觉分析，是无法分析出书法之美的。就像听京剧、昆曲，不能按西方的音乐理论，如歌剧、声乐那样去欣赏、研究，它要求的是吐字和唱腔的艺术性，否则京剧、昆曲就变得像流行音乐一样了。所谓的现代书法，也是西方理论的产物，把中国书法的标准往下降，降到了一个共通的抽象化的层面上。这只是借用了书法的语言、形式来表达，事实上，这是属于艺术范畴，不是书法范畴。

书法的日常化，就是手头功夫要多。日常书写，要求我们用拿毛笔的思维去想问题。现在人写书法，一种情况是太单一，变成一种创作模式；另一种情况是提倡个性，但是事实上这个时代是最没有个性的。现代人追求视觉冲击力，认为和传统不一样的就是个性，力求和大家不同。但是大家都不同之后，又变成了非个性。个性有时还变成了丑的代名词，以丑为美、审丑为美。

日常书写，历史上除了名家之外，还包括普通人的书写。我认为它更侧重于普通人的书写，如现在考古发现的楼兰书法、无名氏的书法。一个时代大部分人的真实书写水平都是日常书写，要确保笔不离手。很多人所说的日常书写则是不要花那么多时间，归结出形式的法则，把法则弄通就是艺术。这实际上是把书法的"玩法"简单化，把很复杂的东西简单化。就像现在的武术也是这样，以前的武术是打出来的，在不断地打斗中琢磨出招数；现在的武术是练套路，给你一本拳谱，练到最后都是舞台表演。书法也是相同的，靠艺术练出来的书法，是没有味道，不符合传统的生长方式的。从这点来说，要回归传统的书写。

王宏：有批评家认为，我们当前的书法作品千人一面，缺少有个性、有风格的作品，这不利于书法的发展。您如何看？

陈忠康：这是因为现在的资讯太发达，加上我们现在的知识结构相似，以及政治、文化等各方面的原因。

这是存在矛盾的。从目前的教育模式来说，大家都是一个模式教育出来的，但是艺术恰恰相反，艺术需要充分发展个人的自由和个性。现在凡是有个性的，先被扼杀掉。从幼儿园、小学开始，哪个小孩子有一点儿不规矩，就会受到约束。现在很多人留学，恐怕想逃离这种单一的教学模式也是原因之一。所以以前更容易产生奇人、怪人，现在大家基本一样，缺乏个性。

以前字写得好，靠个人修养、心理体验；现在大部分人处于同一种环境、同一种教育模式，所以教育出来的人写的字也差不多。你学《圣教序》，他也学，你学《礼器碑》，我也学，这有没有用呢？短期看来效果好，很短的时间内，就能让你的书法达到一定的技术水准。这种"圈养"提高是快，但是没有"放养"的那种味道，"放养"的效果是慢了点儿，但更有味道。

所以，在这个时代，我们要呼唤各种有意识的文化人，站在不同的文化圈，去挖掘传统里面有意思的东西，如各种书法的价值观和美学观。很多人对书法的看法是不一样的，把这些东西整理出来去学习，善于发现别人不能发现的东西，也许能改变书法的现状。

王宏：书法主要是学还是练？是临帖多一点儿，还是自己放开帖子练多一点儿？

陈忠康：这就要求"学而时习之"，"学"是"练"的过程。很多话在古代都是常识性的，是真理，就看个人能不能做到。以前很平常的知识，现代人都把它抛弃了。比如，先写楷书，再写行书、草书，现在有的人没写几天楷书，就拼命地写草书。书法最重要的就是笔法，要知道毛笔怎么用。现在都脱离了原来的常识，说是"现代书法"，实际上是折腾。但要不要折腾呢？这个时代需要创新，折腾的人当中，总有一个折腾得好的。

书法除了有法，还要有性情。我们是按常规的、正统的路子走，也有人不按常规的路子走，也有能走出来的。这要看个人的造化和机缘。林散之和齐白石，在50岁之前，谁也不知道他们能写到什么程度，也都没有很正规地学"二王"，但他们都取得了成功。这就是他们的性情使然。

王宏：我国书法的发展历程，充分体现出各时代的文化意蕴和审美特征。秦汉尚势、魏晋尚韵、唐代尚法、宋代尚意、元代尚态、清代尚质，各领风骚，又打上那个时代鲜明的印记，为书道的传承奠定了坚实的基础。在您看来，今天我们的书法审美取向是什么？我们有时说一幅书法好、耐看、可细究，我们到底看什么？

陈忠康：其实这个没有标准，很多人观点不一。这个问题很复杂，是鉴赏、欣赏的问题。简单来说，就是要多看。看得多了，脑子里有谱。哪个时代哪些字最好，哪些书法家有哪些有名的作品，这个谱一定要有。对于没有储备的普通人来说，也会有自己的观点，也是有道理的。但这是凭着一种本能，主要还是和文字的熟悉程度有关系。看东西你要先有一个准备，字怎么写才美心里要有谱。外国人不懂汉字，就只能看一个形。像新闻学一样，每个人心里有一个知识框。一个人怎么认知，怎么成长，都应该有所储备。有的人遇到新的知识，是开放性地吸收的，有的人形成知识的时间是很漫长的。有的人喜欢漂亮的字，但听取别人的意见后，他会反思，他会慢慢地欣赏"丑"的字。就像温州人本来口味清淡，但是慢慢也学会了吃辣的，再回过头去吃清淡的又不喜欢了。知识欣赏也是一样的，你要有知识的准备，准备的是什么，看到的就是什么。

《世说新语》中说，"坐无尼父，焉别颜回"，意思是座中如果没有孔子，大家怎么识别颜回。你要鉴赏一个东西，达不到那个程度，修养不够，根本体会不到它的美。比如，温州方介堪的印，不仅工整而且写意，达到了一种美的极致。但以外行的眼光去看，就可能发现不了它的美。

丑的字也有很好的，丑也有丑得好、丑得不好之分。我们要相信，丑的东西也蕴含着创作者一定的创作理念，有其自身的道理。你可以不喜欢，但是要接受，不然就会很狭隘。要真的学会看字，就要先学会看书法史，看书法基本的风格。

20世纪80年代以来，以丑书为美。破坏性的美，有秩序的美，都有一定的道理，丑一点儿的东西，确实能显示其个性。但是真正好的东西，还是要求"美"。

传统的审美，是正向的审美。美到极致的时候，就会出现"反美学"。有正统的美学，就有非正统的美学。有庙堂美学，就有山林美学去补充。这就是中国文化的魅力。

王宏：一幅书法作品的好坏有没有标准？又该如何评判？

陈忠康：大的标准，回答也是很笼统的，但还是有一个美学的尺度。作为欣赏者来说，要看过很多东西，看古代的东西。对所欣赏的作品心里要大概有一个谱。书法好坏的评判，先要看它的来历和出处。从来没有作品是横空出世的，来历可以有正统、非正统之分。任何一个作品从某方面来说，都是从古人那里传承而来。一个好的艺术家，都会既有其传统，又有其新意，既传承古人，又以新意启发后来者。所以还是要多看，知识储备够了，就能体会作者的创作意图，欣赏到作品的美。

欣赏是一件复杂的事情，要真学会欣赏，还要做一个鉴赏家、收藏家和批评家。从笔墨来说，要看来历，要有前人的部分，还要有陌生感，即新的东西，是前无古人的。此外还要看内涵，符合不符合文化的等级。

偏离了传统文化的品格，就算技术再好，也是没有意义的。

王宏：温州书法博士、硕士多，这种现象您怎么看？您对温州书法有何期待？

陈忠康：这也是温州文化的一种反映，是一种好现象。从外围来说，温州人能适应背井离乡的，出去就出去，没什么大不了。越是偏的地方，越是想去看看。还有就是温州人喜欢集团作战，你做什么，我也做什么，文化圈也是如此。另外，这也和林剑丹老师和张索老师的鼓励有关系，倡导"走出去、引进来"的策略，形成良好的交流氛围。

虽然温州书法人才多，但书风单一，缺少开拓性，缺少与众不同的眼光。反而是外地慕名而来的人，在与温州本地的书风结合之后，吸收了温州书法的优点，取得进步。

所以，我们鼓励青年书法家创新，鼓励他们通过考硕士、博士，接受系统的专业教育，提高书法理论修养，在此基础上，形成自己的风格。这方面有很多青年书法家取得了成功，通过考试实现了"走出去"。反过来，这些"走出去"的书法家，通过温州的书法培训班，又反哺、回馈温州，促进温州书法的发展。我也相信，温州能走出来越来越多的书法人才，成为书法的"温州现象"。

另外，已获得市场认可的书法家也要警惕，不要做"市场的奴隶"。因为市场是一把双刃剑。商品化作为艺术传播的最佳手段，具有快速、灵活、覆盖面广等特点，它能解决很多人的温饱问题，但同时也存在不好的一面，它会引导大家走向单一。要防止这种情况出现，就要冷静下来，避免艺术品过度商品化，要提高市场的水平，对艺术家进行引导。

写字要有书卷气
——对话中国美术学院书法学博士、中国美术学院、中国画与书法艺术学院教授／博士生导师戴家妙

王宏：戴老师好，您最近带学生去山东学习考察，收获很大吧？

戴家妙：这是一次访碑之旅。看到了大量的摩崖石刻、墓志碑刻，收获很大。尤其是摩崖石刻，用手触摸与看印刷字帖的感觉完全不一样。发现古人对写字的态度与今人不一样，我们要有敬畏之心。通过这样的实地考察和观摩，我们对古人的书法会有新的认识。

我们过去学书法，都是从欧、虞、褚、颜、柳等入手，看了这些摩崖石刻、墓志碑刻后发现学习范本更广了。因为石刻、碑刻里，近欧、近虞、近褚风格的太多了，都可以用作学习的范本。

王宏：从书法专业的角度来看，高等院校培养的书法博士，能否成为我们这个时代的书法领军人物？

戴家妙：这个是可能存在的，但也不绝对。书法与人的关系太密切了，不能用一个概念来说明白。有些人不经过学院训练也能写好，但这种可能性越来越小。现在人才慢慢地集中到学院教育中来，但进入学院教育体系，也不一定都是好事，利弊都有。学院教育是根据教学大纲来的，有规范化的教学模式。目前，各大院校里的学生思考问题的深入度不像过去，是因为阅历、学识不够，缺少思想的含金量。

中国美术学院的书法专业开办得很早，有50多年的历史。2009年，我们又成立书法创作与理论研究专业，也是全国首创。我们开这个专业，目的是培养既懂书法创作，又有理论修养的学生。换句话说就是培养能做旧学问的新学者。现在有的人字越写越坏，就是不读书的缘故。

马一浮先生的字越写越好，正是因为他学问好。所以，我常跟学生讲，有学问的人不一定是书法家，但成功的书法家基本上是有学问的人。

我们理论专业开设的课程有金石学、文献学、目录学、版本学、文字学、训诂学、音韵学、诗词题跋、碑帖鉴定等。

王宏：您觉得理论专业的开设，对当前的书法教育有帮助吗？

戴家妙：有。我们第一届书法创作与理论研究专业的本科生，总共招了15个人，有12个人考上了硕士，这在我们院里是从来没有过的。同时，也有可比较的案例。当年，同时开设了两个班，一个实践班，一个理论班。刚开始的时候，实践班的写字能力强，4年下来，理论班里有些同学写的字就后来者居上了。说白了，就是要有书卷气，只凭蛮力是写不好字的。

在理论班的教学中，我们强调日常书写和内在修为，不是冲着培养职业理论家而去的。我对大一的学生说，你们想一下：马一浮从早上起来洗脸刷牙，到晚上睡觉，他一天在干什么？而你们现在一天又在干什么？肯定是不同的。这就是差距。

王宏：您现在带的这个班的学生，他们写的作品像您的风格吗？

戴家妙：像我的不多，我也不鼓励他们学我。

王宏：您觉得书法面目的差异是什么造成的？

戴家妙：是文化差异造成的，包括个人的阅历、学识等多方面的因素，也包括他的这只手。比如，一些将军阅历是丰富的，但字不一定写得好，因为握枪的手掌控毛笔时不一定得心应手。

王宏：现在国内高校对书法硕士和博士的培养，会改变当前书法界的面貌吗？

戴家妙：目前还看不出来。全国其他城市没有像温州这样，有这么多的书法博士和硕士。而且，我们这几个人在书法上都走得很扎实，不浮夸，就是得益于温州地域良好书风的影响。温州出来的书法家，写行草都很好。温州书法家写字好的原因，是温州的文脉一百余年来没有断过，从方介堪先生开始一直传承有序，这是很重要的，它保障了温州书法持续向前发展。

王宏：对学书法的人来说，总希望自己能获得权威的奖项，您怎么看这种心态？

戴家妙：这也是一个大问题，在北京可能会感受更多些，像我在杭州，对得不得奖，不是很关心。有的人为了获奖，直接模仿获奖作者的风格。这是传统教育缺失引起的连锁反应，急功近利。还有一个原因在于他学帖少，读不懂原帖，只好学别人写出来的帖。以这样的心态学书法，是走不远的。书法市场是把双刃剑，像魔爪一样，一不小心就会被引进黑暗的深渊。

王宏：您觉得书法本身的价值在哪儿？

戴家妙：书法本身的价值是实用，是日常书写。同时，它又在日常书写中升华，成为很人文、很精致的艺术。过去，诗书画印是一个整体，是文人的基本素养。现在分离成四个独立的门类，貌似进步了，实际上大大削弱了传统文化的核心价值体系。如果吴昌硕不是诗书画印融通，就不会有那种浑厚华滋的艺术面貌。

王宏：这么多年写下来，您觉得您的字这几年有变化吗？

戴家妙：我从温州出来，到杭州有26个年头了。我对自己的评价是一点儿一点儿往前挪。书法是越到后面越难突破。最好的书法家是将毛笔的物理性能与自身的生理习惯非常巧妙地融合起来。只有符合他本人天性的才是真风格,现在很多伪风格是经不起推敲的。

王宏:有的人在传统里难以形成自家面貌,就学西方艺术的表现形式,以现代书法的面貌呈现,这些作品讲究构图,视觉冲击力强,吸引眼球。这是书法的创新吗?

戴家妙:什么是视觉冲击力?不能将残破、大胆、扭曲叫作视觉冲击力。所以要纠正这些理论的词语,因为语言决定思维。比如,在历代书论中,没有"线条"这个词,而说"点画"。现代人不说点画非得说线条,只是赶时髦,而没有深刻地去挖掘词背后的文化内涵。点画的内涵要远比"线"与"条"的组合丰富得多。但现在大家都讲线条了,就是词汇在慢慢改变我们的思维,改变我们对书法的认识,认为书法就是线条,实际上书法是点画构成的。

又如,古代书论中也没有"空间"一词。中国书法讲"结体"。什么叫结体?就是通过写的方式把字结成一个整体,这恰好体现了书法强调"写"的原因。可惜的是,目前的社会无形中让这些新语言筑起了一道壁垒,致使人们不能了解书法的内涵。

王宏:那是否意味着在不同的语言体系下,我们对书法会有不同的认知?

戴家妙:是这样的。比如说"结体",所写的字结构好不好,如何将字写好,这个过程是动态的、是主动的、是有节奏。"空间"则是平面的概念,没有思想的灵性。要纠正这样的认识偏差,任重而道远。

书法是养出来的，不是设计出来的

——中国艺术研究院书法博士林峰访谈

王宏：您原本在温州是公务员，又在文联上班，生活很安逸，您放弃这一切，选择过"北漂"生活，很多人对此非常不理解，您能说说当初迈出这一步时是怎么想的吗？

林峰：的确，当时说要来北京发展，身边的很多亲戚、朋友都表示不理解和担忧，毕竟已经四十好几了。当时做这个决定的时候确实很矛盾、很犹豫。在此要感谢老师、家人和家乡的领导，是他们给予了我最坚定的支持。

我原先在老家的确过着很稳定、很安逸的生活，但是在那种稳定、安逸的背后总是会感觉到不安和浮躁。每天都忙于工作和应酬，而用于学习和修炼的时间很少。而且人在安逸当中会越来越不思进取。这种状态持续下去，真担心总有一天创作源泉要枯竭，自己会被淘汰。所以，经常会考虑怎样才能改变这种状况，怎样才能为自己持续充电。也给自己报过几个研修班，拜过几位老师，但感觉如果不对自身状态做出本质性改变的话，所做的这一切努力都仅仅是隔靴搔痒，作用不大。

2012年下半年，中国艺术研究院书法院提供了这样一个机会，问我愿不愿意帮忙做一些工作。众所周知，中国艺术研究院书法院对学书法的人来说是一个难能可贵的平台。而北京作为一个文化中心城市，又是绝大多数从事艺术工作的人向往的。我当时就觉得能在这里工作，一定会让我获得更多学习和锻炼的机会，迈出这一步一定能彻底改变原先的那种状态。哪怕"北漂"一圈，最后又回到起点，我相信自己的行囊也是收获满满的。

事实证明我当初的想法和决定是正确的。之后的一年半，我一边工作，一边学习，一边创作，还要从零开始学日语，的确很辛苦。但是现在回头看，感觉自己完成了对自我极限的挑战，非常有成就感，也从中得到了历练和成长。在北京，你每天都会感受到一种激情，时刻提醒自己不要懈怠，虽然辛苦，但你能体验到一种让人更向往的活法。

王宏：20世纪80年代至今，中国书法家在对书法的研究上有过多次纷争和讨论，您在学书法的过程中有过困惑吗？

林峰：当然有！而且有过很多迷茫、焦虑和困惑。特别是我们"70后"这一代，刚好赶上书法热的兴起，各种思想、主义搞得我们对书法的认识产生了极大的混乱，特别是在当代展览体制的推动下，对书法本体的认识产生了很多误读。年轻人由于不成熟，很容易被时风左右，盲目跟风，人云亦云，最终导致无所适从、疲惫不堪。幸运的是，在温州有一批德艺双馨的前辈和老师，他们经常会善意地提醒、告诫我们：要注意点画质量，多写篆书；要慢点儿、从容点儿；要注意气息和格调，不要太张扬；要走正道，要有文气、书卷气和古雅之气；不要光写字，要多读读书；要多做些公益，不要太功利；书法不是视觉艺术，不是设计、制作、打造出来的，而是流出来的、养出来的……说实话，有好多人不是马上能听进去，甚至认为他们落伍了，跟不上时代。这些年，书坛在经历激情和狂热后开始回归理性和冷静，现在我们再思考前辈们的这些话，发现的确是金玉良言、至理名言。而且由此在温州形成的尊重师长、奖掖后进、敬畏传统、注重修养的风气正是温州书法的巨大财富，更是温州书法人的福气，我们真的特别幸运！现在离开温州后更觉得可贵！

王宏：现在书坛的这种回归理性，是否从以前对形式、展厅效应的追求回到对书法内容、内涵、文化等的关注？现在大家都说书画水平的关键是线条质量,能否谈谈您对线条的认识?

林峰:任何人或任何艺术思潮都一样,只有在经历碰壁或走不通的状况下,才会去思考。现在看来这段经历对于中国书法的发展是有意义和必需的,我们这一代亲历其间,感受可能更为直接一些。现在这种回归理性更多反映在回归传统,回归到对书法本体、文化内涵、人文情怀等方面的思考和关注,对于这点很多人已达成了共识。而且特别可喜的是好多文化精英都在身体力行、付诸实践,他们或依托学院,或创办私塾等,开班授徒,以他们的影响力和号召力聚集了一批又一批追随者,并渐成燎原之势。比如,陈忠康老师,他一直在做这方面的努力,特别是他办的北大班,除了对书法认识上的正本清源,还在探索国学、诗文、绘画、佛家等与书法的关系,经常邀请国学、诗词、绘画等方面的一流专家为大家授课,人气和影响力日益提高。而我因为考学或其他原因,好多课都没去听,实在遗憾!

关于对线条的认识,我也是最近几年才有一点儿肤浅的体会。线条其实是西画中的概念,我们现在用它来表述书法是不恰当的。古人讲的是点画而不是线条,因为中国书法艺术创作的对象是有别于世界上其他文字的一种非常特殊的汉文字,不是简单地用数学意义上或纯粹符号意义上点的运行轨迹,即线条来创作的。而且汉字本身来源于对客观对象的描绘,它的形态并非单一的线条,也不是没有意义的纯粹符号,这点我们首先要弄明白。其次,我们要了解书法的点画质量和特点,这是一个书法家最为重要的艺术语言和艺术个性之所在。黄宾虹晚年几乎双目失明,还能画出十分感人的作品,这种不受形式结构约束、从心底里流淌出来的线条更加摄人心魄。

王宏:当今社会应该说是处在一个多元、包容、开放的时代,当代书法也呈现百花齐放、异彩纷呈的局面,仅就传统型书法而言,现在的评判标准和前人相比是否产生了根本的改变？

林峰：当代书法现状确实如你所说是百花齐放，热闹非凡。但其中所谓现代书法或观念书法，我个人非常敬佩他们的勇气和才情，而且有些作品确实很棒，也很有境界，我们应该承认这些是很好的艺术作品。但那些已经没有了汉字和笔墨表达的作品也要归类为书法艺术，这就值得商榷了。因为无论我们如何强调书法要弱化实用性、强化审美性，书法都必须有它的边界和底线，所以关于书法评判标准的讨论，还是应限定在传统型书法范围内。

好些年前大家就在讨论当代书法的转型和评判标准等问题，如有人提出了书写性、文化性、艺术性、时代性；形式技法、历史传承、文化境界、创新程度；等等。关于标准的问题我们要注意的一个现象是，真正好的、经典的书法是跨越时空的，其审美价值不会因时代的改变而改变，所以是否可以说经典就是标准，书法的标准因时代的变化而延续和发展，但未产生根本的改变。因此我们要想建立当代的标准，首先还是得回到古人那里好好研究古人的眼光，这样才能真正提高我们的眼光，才有可能在当代创作出具有永恒魅力的经典作品！

在起笔、落笔、转折之间体会韵律美
——中央美术学院博士、中央民族大学副教授潘一见访谈

王宏：书法根植于传统文化，现在书法讲究形式美感和章法、技法等，逐渐成了一门视觉艺术，以适应展览的要求，甚至出现了一些专门针对展览的"魔鬼训练营"，您如何看这种现象？

潘一见：书法的学习应有一个循序渐进的过程，不能急功近利。一些"魔鬼训练营"，也许能让你在极短的时间内写出的字获奖。但是获奖后又能怎样？艺术创作不应该是这样的，艺术不应该有统一的样式。

学现代人的书法，技术层面一看就明白了，一招一式很快就能掌握。但学古人的则需要我们沉下心来研究那个时代人的文化、生活、审美、书学理论等，要尽可能贴近那个时代的精神。这就是书法背后的文化。

王宏：说到文化，日前有批评家认为，现在书法家们的主要问题就是缺少文化。在他们看来，书法技巧层面的东西只占5%，学问要占95%。您赞同这样的看法吗？

潘一见：这不只是书法界的问题，也是社会的大问题，不过是反映在书法行业里而已。现代人心浮气躁，静不下心来，没有去琢磨古人写字的时候，观念是什么，理想是什么，为什么在那个时代出现那样的风格。比如，唐人尚法，这个"法"是什么法？谁的法？为什么被确立下来？确立的审美依据又是什么？每一种艺术形态一定是那个时代文化和政治的体现。它不可能是一个独立的现象，也不是单纯的技术那么简单。

中国书法艺术基于中国文化。作为艺术家，对文化应该有恭敬之心。

只有你对艺术创造充满恭敬的时候，文化品格才能在作品上表现出来。

王宏：我国书法的发展历程，充分体现出各时代的文化意蕴和审美特征。秦汉尚势、魏晋尚韵、唐代尚法、宋代尚意、元代尚态、清代尚质，各领风骚，又打上了那个时代鲜明的印记，为书道的传承奠定了坚实的基础。在您看来，今天我们的书法审美取向是什么？

潘一见：一般而言每个时代的审美都有变化，但对书法审美的追求，历史上形成了许多共识，具有很强的稳定性。可是每个时代的书法家还在创造，都希望能掌握表现当代审美诉求的技法。对技法的追寻，是为了达到一种审美效果。我们这个时代也会为后世积累独特的审美体验。

王宏：唐人尚法，这个"法"怎么理解？

潘一见：我的理解，第一，是指技法。技，近乎道，技是基础。但仅凭技法就想达到艺术的最高水准是不可能的。一幅作品的整体表现形成其格调。它不只是技法，还有意蕴、氛围，包括人的修养、品格。第二，书法也是心法，是内心的自然流露。所以，一个人的书法风格，是自然形成的，不是刻意为之的。所以说书画艺术是人的心灵的艺术，但它不单纯是技术，但它一开始一定是由技法入手的。

我们刚开始学书法的时候，一定要学古人的经典作品，因为所有的秘密都藏在这些作品里面。我们要多接触优秀的作品，充实我们自身。如果我们仅学别人获奖作品的样式，那么创作的生命力是不长久的。

王宏：书法注重笔法之美、气势之美、意态之美、韵律之美，可以说是真正抽象的、表现的艺术。中国画充分运用书法艺术这种抽象手段。书法的用笔是中国画造型的语言,离开了书法的用笔,就很难言中国画。作为书画比较研究专业的博士,您在这些年的研究中有何感悟?

潘一见:这是一个复杂的问题,历史上的书画关系是一个网状的体系,它涉及画家身份、书体和画种等。近代黄宾虹先生就实现了以书入画。书法中的墨法不如绘画中的墨法丰富,书法最关注笔法。当我们说一幅书画作品有笔有墨的时候,实际上是在说有中国画的味道,即谓"笔精墨妙"。

绘画中常说"墨分五色",浓、淡、干、湿、黑,但又不仅仅指这五色,"五"只是一个概数,表述色彩的变化丰富多样。所有的这些色彩最后要调和成一个调子,既融合又有区别,这就是墨的变化。

书法中的墨法虽然没有绘画中的那么丰富,但它本身也是有讲究的。特别是书写材料的改变,如生宣纸的出现和运用,墨法的拓展让书法风格发生了变化。

王宏:我们现在这个时代的书法尚什么?

潘一见:这是需要后人来评价的。我们现在说的秦汉尚势、魏晋尚韵、唐代尚法、宋代尚意、元代尚态、清代尚质等,都是后人概括出来的。"后之视今,亦犹今之视昔。"我们现在怎么评价古人,后人也会怎么评价我们。

在评价的时候,我们一定要将历史上的经典串联起来看,要遵循书法的发展规律和文化内涵。比如说,从"二王"到颜真卿,到黄庭坚、米芾、赵孟頫、董其昌……他们作为经典书法的代表人物,背后都有一脉相传的文化支撑。

书法是最具文化代表特性的,包括了极大的范畴。比如,从文字到书法，从字体到书体，以及各种字体的变化、技法的完善等。

王宏：在您的艺术生活中，您是怎样看待"自我"的？

潘一见：可以说"自我"就是一种风格，也是一种习惯，不需要特意表现，是自然流露出来的。做作的不是自我。

王宏：能否从人生哲学角度谈一下个人的艺术与生活的关系？

潘一见：我个人来说，艺术是我生活的一部分，它和我的生活是交织在一起的。生活本身也是一门艺术，可是书画艺术是高于生活的，是精神层面的。

书画艺术更多地是追求过程中的享受，在起笔、落笔、转折之间体会韵律之美，是修身养性的一个环节，不是追求功利的行为。

如果说今天我不写字、不画画，那我觉得我这个人就没有意义。我觉得只有在写字、画画的时候，我才是我。我相信，每个人来到这个世上，总是带着某种使命的，需要完成某些事的。

书画艺术是精雅艺术，需要长时间的专门训练。有人说艺术只是玩玩，我觉得不对。应当庄严、恭恭敬敬，没有恭敬之心，不会对艺术有领悟。

王宏：对于如何提高书画欣赏水平，您有何建议或方法？

潘一见：只需做一件事——不断地去看。我建议先去各个地方的博物馆看历史上的名作，那里精品多，养眼。有人说看不懂。看不懂没有关系，继续去看。一段时间后，有人拿一幅画过来给你看，你一眼就能判断好坏了。

我认为，在还没有形成审美标准或标杆的时候，就以古代书画为基础建立标杆。眼高手低不是问题，可以通过训练达到越来越高的水平，所谓"取法乎上"。然后，深入了解各个朝代书画风格的形成，带着问题去看书，看画论、美术史，你就能建立自己的审美标准了。

总之，书画是体验艺术。只有用心，才能在欣赏和不断学习的过程中体验笔墨的意味和艺术带来的美的享受。

回不去的传统书法
——中央美术学院书法学博士王客访谈

作为中央美术学院书法学的博士,王客除了完成论文,大部分时间是在读书和创作。

王客虽是南方人,但形象与气度更似北方人,长发、络腮胡子、圆润的脸庞,搭配他憨厚的笑容,让初次见到他的人不由自主地产生一种亲近之感。

他的书法亦如此。他那或纵横肆意或文雅俊逸的书法作品,牵引着你的心进入他那"雨疾风驰,纵横流离"的美学境界。

王宏:您怎么理解书法?对传统书法怎么看?对当代书法又怎么看?

王客:当代书法的样式与传统还真是不一样。书法是建立在传统文化基础之上的,与书写者的修养,如文、史、哲等知识有很大的关系,这些修养整体滋养着书法。当今书法家群体缺少这样的修养,甚至可以说是缺失。这就决定了当代书法与传统书法的不一样。很大程度上当代书法是回不去的,至少书法的书写样式和文人特质是回不去的。我们只能有这样一个愿望——尽量回归传统,尊重传统。

我也是这样做的,书写的时候还是以传统为主,有些时候还有泥古的倾向,如我刚出的小册页。事实上,要恢复经典的传统是不可能的。我们现在要做的就是,在技术上和形式上理解古人,学得一定的表现力。

当代书法的出路,应该结合个人立场或知识结构来看。现在是一个全面复古的时代,传统的力量还是很大的,"在传统里讨生活"。

王宏：大家都去学传统技法，学同样的帖，这样的书法会不会面目一样？还有个性吗？

王客：这不会造成面目雷同。书法的个人风格形成，需要一个漫长的锤炼过程。像徐渭这样的才气型，毕竟是少数的。他学得快，出风格也快，但他只是个案，不具有普遍性。很多书法家都需要很多时间去学传统技法、去摸索，才能在传统里学到核心的技术，学到一些属于自己的东西，然后，花很长的时间塑造自我。

现在我们说全面复古，或者说在传统里讨生活，并不是泯灭个性，而是一个自我完善的过程。

书法首先要反映人。若一个人是卑鄙的、龌龊的，反映人干什么？反映出来也没有用。所以，作为一个书写者，首先需要修炼自己。修炼自己的人品或人格，要有一些美好的情感。这一点，从书法的表现风格上来说是必要的。其次你学到的技法要能与情绪的表达对接，能做到真正的抒情达意。这两点缺一不可。

如今，有的人动不动就说自己创造了一种风格，轻易地搞创新。其实，这是不成熟的，没有精神内核。例如有的人以丑为美，有的人以怪为美，这些脱离实际的审美，类似这样的创新，都是不合理的。首先，书法本身表现的美感没有，表现的是丑陋的东西，又如何打动人心呢？其次，与传统审美背离并不是创新。

我觉得书法风格的形成是一个自自然然的过程。当我们诚挚地面对书法艺术时，个人风格是会形成的，只是这个过程可能长一点儿。

王宏：但很多人如您刚才所说，将字写丑、写怪，以为就形成了自己的风格。

王客：这是为了风格而风格，不是自然的，是拼凑的、嫁接的，这样的风格是脱离传统的，是想象出来的东西。

事实上，作为一名真正的书法家，不需要担心风格的问题。因为每个人都是一个个体，与别人是不同的。比如，米芾先以"无我"的状态学习传统，而后形成了自家面貌，即"有我"了。但在这之前，需要一个花很大力气进入传统的过程。

王宏：这正如著名书画家李可染所说，用最大的功力打进去，用最大的勇气打出来。用"无我"的心态打进传统里学习，之后，要用"有我"的勇气突破传统，创新自我。

王客：在这里，"有我"与"无我"还是相对的。你在进入传统的时候，去临摹传统经典作品的时候，事实上还是"有我"的。因为你在选择字帖的时候，在选择风格的时候，已经"有我"了。之后，你在临摹的时候，你的节奏感就带有个人的方式。在这个临写的过程中，你会有感觉，不可能没有感觉，而且你会略加改造。这种改造有时候是不自然的，如有的字的笔画写长一点儿、夸张一点儿，或有的地方简略掉，这都是每个人临帖的不同之处。

所以，"有我"和"无我"是穿插的、交融的。作为一位真正成熟的书法家，在后期创作的时候，表现自我情趣、个性的时候，之前的"无我"状态也是存在的，以此保持章法和笔法的正统性。

"无我"和"有我"如同阴阳两面，无非有时候这一面显露出来，有时候那一面显现出来，二者处在一个不断翻滚的状态。

在传统里面扎得越深，对后期风格的形成帮助越大。如果只学一面，对将来风格的形成肯定是无益的。

王宏：风格问题一直困扰着许多书法家。您是如何理解风格的？

王客：这个其实不用担心。比如，我估计白蕉先生在学传统的时候，就没有考虑过这个问题,但他自然就形成风格了。一个担心风格的人,恰恰就是一个没有风格的人。

王宏: 有人批评,我们温州很多青年书法家的风格都是陈忠康老师的面貌,您如何看?

王客: 这个问题是客观的,我也考虑过这个问题。但我认为,在走向传统的路上,大家结伴同行,总是会有一些"撞车"的。特别是我们在学习"二王"的时候,越深入,很多技法会越相似,写出来的字也就相似。这是回避不了的。

不过,我觉得相似的情况只是一个过程。陈忠康老师的书法也处于不断完善的过程中,他到北京后书法风格改变了很多。我们学他,并不是学他现在这个模样,而是在走他之前走过的路——走向传统的路。这个路是要走的,在走的过程当中也许会有什么契机让你慢慢改变。比如,帖里加些碑的效果,像我个人比较喜欢写些行草的大字条幅,明清时期风格的。

我们不能用固定的眼光去看温州书法某一个时期的东西,事实上,过几年或一段时间之后,大家的书法面目就不同了,像卿三彬、徐强、陈伟等的书法风格就与陈忠康老师的风格不同了。

我觉得,在这个过程中,要给大家时间,对这些年轻的书法家不能过早地下定论,也不能对温州书法现象过早地下定论。现在是这样的格局,10年后就不一定是这样了。

陈忠康老师对温州书法的贡献很大,现在对全国的影响也很大,他对帖学深入的程度达到了一个高度。所以,我觉得我们要对温州书法有耐心,温州书法界将会给大家带来惊喜。

王宏: 是的。温州目前还有一个可喜的现象,很多年轻人纷纷考进艺术院校读博、读硕。据温州市书法家协会（简称温州书协）统计，目前，包括您在内，有6位书法学专业的博士。您觉得接受专业书法教育的博士生群体，能为温州书法带来怎样的影响？

王客：我们都是抱着美好的书法愿景出来的，寻找深造的机会。北京的书法风格多，准确说是类型化（不成熟的风格）的书法非常多。有时候，也会乱花迷人眼。越是这样，我们越要守住一些东西。

我们将来可能人不会在温州，但我们还是会参加温州书协的一些活动，到温州讲课，将自己的所学回馈给温州书法爱好者，也希望温州能出更多的书法人才。

王宏：对于非专业的书法爱好者来说，该如何欣赏书法？

王客：我觉得还是要看用笔。首先是纯粹的笔法；其次是结构造型，即字的美、丑；最后是整幅作品，看章法、行距，看有没有表现力，气韵是否生动，布局是否合理等。排在第一的还是用笔，像医生用手术刀似的，用得准不准很关键。总之，用笔是一个很专业的话题。如何用笔好，如何用笔不好，几句话难以说清楚，但可以从传统书法范本中去学习，还是能看明白的。

王宏：欣赏书法的过程是一个认知的过程。有的人对传统书法感兴趣，有的人喜欢当代书法；有的人喜欢俊秀的字，有的人则认为"丑"的字好看。诸如此类，似乎书法欣赏并没有一个统一的标杆。

王客：确实，欣赏者的修养不一样，所喜欢的类型也不一样。尽管如此，但书法的好与不好还是有标准的。不是说喜欢雄健的，写粗就好了，核心还是要看是否遵循传统技法，不能乱来。

书法的核心是表现人文修养，但我们缺少这方面的教育，特别是涉及书法、音乐等艺术方面的美学教育就更少了。大家在小的时候没有接触过这方面的知识，都是上了年纪才开始关注、学习。我想，这也是造成当前我们类型化的书法多、有风格的书法少的原因之一。

王宏：我们常说"文以载道"，但就书法来说，也可以说"书以载道"。因为古人的书法写的是自己的文章，用自己的笔写自己的心声，如《兰亭序》《祭侄文稿》等，如今都成经典。而如今的书法家能如此书写的并不多，您如何看？

王客：这与我们现在的知识结构有关系，我们不可能完全回到古人那种状态。我们只能借助传统书法技术的东西、审美的东西，来表达我们自己，表达我们当下的情怀。

从书法的本体来看，它的意义还是有的，它在传承一种文化。从传承的角度来说，很多核心的技法和所体现的人文情怀依旧影响我们的生活，有存在的价值。

另外，书法爱好者的群体这么大，在这么多人中，总有些人特别突出，能写出自己的面目，并通过书法反映其人文情怀，滋养其气质，不也是很有意义吗？

王宏：您觉得作为一名书法学专业的博士生，与其他没有接受过这样高层次教育的书法家有区别吗？

王客：就我个人来说，我觉得最重要的是能在理论方面有一个系统的学习。我的导师邱振中教授对我们要求很严格，要求我们多读书，读国内外最前沿的书法理论著作。我想，只有这样，才能让我们更好地、更深层次地理解传统、理解书法，成为一名成熟的书法家。

王宏：您现在如何处理市场与创作的关系？

王客：有时候是无奈的。比如，我喜欢写大的行草书，痛快淋漓地表达自我情怀，但市场需要的是小幅的小品，字相应地写小了，书写风格受到限制。这对书法家来说是痛苦的，也是有害的。

对我来说，目前站在一个关键点上，进一步深入传统、提升自己的人文素养需要更多的时间。但现在我们的学习力不如30岁之前，精力也不如以前，如果再被市场占去很多时间，对我们将来的发展是有害的。但我们又不能脱离市场。因为市场好反过来对我们也是一种促进和激励。这主要还是看我们如何平衡、处理好市场与创作的关系，我想，这对书法家个人来说是有促进作用的。

展览时代，书法偏向形式构成是趋势
——中央美术学院书法学博士、中国艺术研究院书法院展览部主任周延访谈

王宏：书法为何物？您又如何理解"书法"？

周延：书法源于汉字书写的审美与研究。世界上有多种文字，只有汉字发展出书法，主要原因有如下三点：

第一，汉字是一个生成体系，源远流长，具有原创性。黄帝时期出现原始文字，即典籍中所谓的仓颉造字。汉字还有着丰富的字体演变过程，篆隶草行楷，值得注意的是这种演变是由自然书写引领的。

第二，特殊的书写工具。笔与纸对汉字的演变及书法起着决定性的作用。毛笔的最大特点是尖锋、柔软。毛笔的尖锋使笔画内部产生复杂运动，"一画之间，变起伏于锋杪；一点之内，殊衄挫于毫芒"，使笔画呈现质感。对汉字产生巨大影响的还有"纸"元素，现在书法界公认生宣、羊毫为清代的碑学运动提供了必要的物质基础。中国的"纸"，不仅仅是纸，还有简、牍。简、牍、纸是三种差异很大的材料。简、牍与纸的主要差异在于面积与光滑度，简、牍长而窄，容易使字形拉长或压扁。木牍的表面有几条疏朗的鼓在那儿的纹路。在写横画时，这些疏朗的纹路会有节奏地阻碍笔尖的运动，这种特别的节奏极易让敏感的书写者体验到线条内部的韵律。体验到行笔韵律并将之反映在书写中是书法的标志，蔡邕说："书有二法，一曰疾，二曰涩。得疾涩二法，书妙尽矣。"隶书的扁形结体与燕尾是顺着木牍纹路的阻力自然形成的，到了纸的时代，自然就回归到方形的楷书了。

在谈到书写工具时，还应该提及石头。拓本对碑学书法的影响是巨大的。虽说碑刻也是先书丹再刻，但是刀刻是再次加工，加上由于长时间的自然风化，拓本呈现的笔画审美很大程度上有别于墨迹，人

们称为金石气。金石气的发现及在宣纸上重现是碑学书法发端的标志。

第三，中国传统文化的滋养。中国历史上称书法为书，书籍、文书、书信也都被称为书。这种微妙的错位联系为书法提供了很大的理论延伸。比如"书为心画"的论述。扬雄曾说："言，心声也；书，心画也。"这里的"书"指的是文字的意义表达，后人自然地将它置换到书法领域，来说明书法是内心世界的反映。这样，一系列与精神相关的如神、情、志、怀抱、意、趣、韵等术语也进入书法领域。这些术语既用来批评、阐释书法，又对书法起着引领的作用。这就使得书法进入精神领域，从而进入了中国文化核心。儒释道三家对中华民族的心理构建与人文价值观念等方面都打下了深深的烙印，它们各居其所，相辅相成。老庄与禅宗引领着书法走向精神上的自由与逍遥。儒家则是以中庸之道固守，使那些自由翱翔的书法精灵在倦飞的时候能够回来找到栖息地。

书法是中国文化的核心。书法是文人的精神寄托，是中国知识分子心灵的一个精神图式，是千百年来中国知识群体建构起来的内涵丰富的精神世界。所以，书法也是时代的镜子，它折射出那个时代的精神面貌。通过优秀的作品，往往能够感受到从其他途径感受不到的社会、历史或思想细节。

所以我认为汉字是书法必定要遵守的底线，可以写认不清文字的狂草，但是书写时内心必须存念汉字或类汉字字形。

其实，作为书法家，重要的不是写文章，而是有一颗文心，一颗时刻能够在日常生活中感受、体验、感动的心。当然更重要的是自己的手头功夫，能够在运笔的过程中时刻保持新鲜的体验与感受，并且与自己的喜怒哀乐联系在一起。如果这样，就能够创作出一流的书法作品。

王宏：书法根植于传统文化，现在书法讲究形式美感和章法、技法等，逐渐形成了一门视觉艺术。您如何看这种现象？

周延：书法是让人欣赏的，它属于视觉艺术，所以书法的展示方式很大程度上左右了它的表现。比如，文献传播就会要求书法整饬、端庄、美观；拿在手上把玩就会要求书法雅致、精到；悬挂欣赏则要求书法具有整体感、突出气势。现在是展览的时代，所以书法偏向形式构成是必然趋势。

有些我们称为现代书法的则走得更远，变成了抽象绘画。但是这些都只是表象，书法的本质并没有变化。表象越丰富，书法的生命力越强。至于与传统书法似乎隔阂越来越大，我认为传统书法也只是书法的一种表象，并非书法的本质。如果明白了书法的本质，你的书法作品就是经典，若干年后这些作品就会构成后世的传统书法。

王宏：沈尹默先生不赞成由赵孟頫上溯"二王"，怕染上习气，您怎么看这个问题？

周延：沈尹默先生说这话的背景与语境我不清楚，要理解这句话最好先弄清楚他对谁讲，当时他的思想状态是怎样的。现在仓促之间也没有办法去考证这些背景。

首先，我认为这是他的甘苦之言，值得注意。其次，我认为不管临谁都行，关键是通过临帖找到自己想要的。至于自己到底想要什么倒是一个大问题。它需要通过对书法的各种表象（如书法字帖、书法理论著作等）的感悟而解决。其实我认为沈先生所说的"二王"就是他心目中的"本质书法"，并不只是历史上的王羲之、王献之。

王宏：一幅书法作品的好坏有没有标准？该如何评判？我们有时说一幅书法好、耐看、可细究，我们到底看什么？

周延：这如同我们欣赏音乐。首先，每个人都有自己喜欢的音乐类型，也有自己不喜欢的。其次，音乐家认为好的作品普通人并不一定喜欢，也不一定懂。最后，同一首经典曲目，不同的音乐家能够演绎出不同的风格。欣赏者对音乐理解得越多，对音乐的感悟也就越多，普通人没法分辨的细节对他而言却是判若鸿沟。

◎ SHI DIAN 视点

百年前的文艺范儿

——读《夏承焘致谢玉岑手札笺释》

金丹霞

沈迦编撰的《夏承焘致谢玉岑手札笺释》是本有意思的书。我不仅从中欣赏到了夏承焘天真随性的文人书法，感受到了夏承焘和谢玉岑的知己深情，而且能从字里行间窥见20世纪二三十年代文艺青年们的工作生活状态。

夏承焘（1900—1986年），字瞿禅，温州人，词学成就卓著，有"一代词宗"之誉。谢覲虞（1899—1935年），字玉岑，常州人，诗词、书画造诣精深。两人曾于浙江省立第十中学（温州中学前身）共事一年，此后书信往来不绝。

这本书收录了夏承焘致谢玉岑的62封手札（另外还有夏承焘致其他友人的11封书信），写于1927年至1935年。那是夏承焘与谢玉岑这两个年龄相差仅一岁的年轻人最有热情和活力的时光，也称得上是那个年代最典型的文青生活样本。

一

先说说工作。

文艺青年们任性而为，跳槽频繁。夏承焘使用的信笺有浙江省立第九中学、杭州之江大学、杭州私立之江文理学院三种，是他那几年间任教的学校。

事实上，那段时间他工作过的单位不止这几家。在给谢玉岑的第一封信，他就透露了这年（1927年）春天辞去省立第十中学教职，去宁波水上警察厅工作的事。数月间"周流台甬杭沪"，当他发现这些工作实在"终非习性"，便毫不犹豫地脱离了公务员队伍，重回教育界。然而，在宁波市第四中学任教仅一个学期后，他又辞职回老家了。

温州乐清人王亦文出任浙江省立第九中学校长，多次写信请夏承焘来校任教。夏承焘开始很不乐意，他嫌弃位于严州（今杭州建德市）的九中地处偏僻，"颇不愿就"。

夏承焘去九中时"敝同乡在此者颇多"——这当然是王亦文的缘故。此地山水"远胜永嘉（温州古称）"，但夏承焘还是不断抱怨学校图书馆"苦乏诗词集"——这是他对学校最不满意的地方。

最有意思的是夏承焘写于1929年12月19日的一封信，此时他来校任教刚两年。前半封信他还乐颠颠地鼓动谢玉岑来九中工作，因为王亦文也很欣赏谢玉岑的才华，夏承焘向往着"共学之乐"。后半段他却一百八十度大转弯地对谢玉岑说，自己已经不打算在严州干下去了，请谢玉岑为他在上海留意谋个教职。他的两个理由："一因无师友典籍之益；二亦久居积厌。"

听起来好有道理。只是在"世劫汹汹"（夏承焘语）的年代里，这么轻易就辞职合适吗？

4天后，夏承焘得知谢玉岑要辞去上海市南洋中学教职时，毛遂自荐地询问："如未有替人，可介弟暂代否？"而且他还表示，此前月薪140元，在上海收入没这么多，他也可以接受。

当然上海之行未遂，因为谢玉岑告诉他"上海课务甚忙"，夏承焘又改了主意。

1930年秋，夏承焘再给谢玉岑写信的时候，他已经江西友人邵潭秋介绍，来到杭州之江大学任教，"课事较闲，居住亦颇爽垲"。

夏承焘寻寻觅觅，终于找到了满意的工作岗位。

二

再看看日常生活。

一个突出的特点是朋友圈很热闹。本书不仅收录了夏承焘写给谢玉岑的62封信札，还有夏承焘致其他友人的11封书信。他们在信中谈论的主要内容就是借书、写诗，并且互赠金石书画，忙得不亦乐乎。

朋友圈中都是风雅之人，不是年龄相仿的文艺青年，就是德高望重的学界前辈，大家志同道合，爱好相投。今天你请我诗词唱和，明天我请你惠赐墨宝，后天你托他向另一位相熟的朋友求字，大后天他又请你为老父大寿泼墨助兴……

那时的金石字画都是浓浓情谊的见证，还没有成为收藏市场上明码标价的商品。

他们都很热心，互相引荐自己的朋友，因为，越是山水阻隔，通信不便，越是渴望同道中人的切磋交流。对文艺青年来说，那是极为可贵的精神享受。

夏承焘告诉谢玉岑，最近和他通信讨论诗词的有四川周癸叔（厦门大学教授）、江西龙榆生（暨南大学教授），如果谢玉岑愿与他们通信的话，他自告奋勇为他们从中牵线。

和今日朋友圈"集赞"的作用不同，夏承焘的朋友圈是用来"求批评"的。写就一首诗词，完成一篇论文，他忙不迭寄给好友，并不断追问："谬漏百出，何无一语见教也？"得到"点赞"当然也很开心，不过他总是反复强调："极盼批评，汝我不必客气。"夏承焘还多次请谢玉岑将自己的作品呈给沪上词家品鉴，"兄交游广，各老辈处可请益者，乞代绍介，求批评"。

除了"求批评"，朋友圈重中之重的作用是"求书"。全书共收录73封书信，几乎无一不谈及书。他们的书相互间借来借去、寄来寄去是一种常态。

夏承焘苦恼于自己僻居严州，诗词类书籍"求之不得"，只能一遍遍向上海、杭州的师友求书，特别是谢玉岑任教的上海市南洋中学，简直成了夏承焘的书库。

"辛、秦年谱请代访""历代词人姓氏尊处有否""见宋元词佳刻及他种新材料，当不靳告我"，这样的嘱托比比皆是。

谢玉岑曾经把上海市南洋中学的图书目录寄给夏承焘，夏承焘羡慕得两眼放光："南中藏书宏富如是，健羡何似。"这也是他曾经动念去上海市南洋中学求职的重要原因。

夏承焘常在信中许诺"如可出假，乞邮我一阅，准三星期奉还""《声律通考》如未寄出，乞检《文房肆考》一部（四本，唐秉钧著，在贵校图书馆第七部第四类）一同惠假，两星期准届时挂号奉还。如不可借，亦乞即复"等。其辞之恳，其情之切，令人动容。

"无交游、书卷之助"的夏承焘却有着学术上的勃勃雄心，他打算用5年时间完成《中国学术大事表》，分思想界、学者、文学界、艺术界等章节，他向谢玉岑讨教："舍取定夺，决之吾兄，乞有以教我。"谢玉岑也倾吐自己研究清词的志向。两个年轻人就这样互相勉励着、帮衬着，一起奋力奔跑。

自1926年温州一别，夏承焘和谢玉岑通了近10年的信件。其间二人只见过一次。浙沪相隔不远，想必年轻如他们，都以为来日方长。

1935年4月20日，谢玉岑因肺病在常州去世。此前5日，夏承焘刚刚寄出了给谢玉岑的最后一封信。

夏承焘曾作《水调歌头》，请谢玉岑"教正"，其中有这样的句子：
五车书，万章木，一婵娟。人生能长保此，应不羡东山。

这用来概括近百年前夏承焘、谢玉岑们的人生追求，大致不差。这想必也是从古至今，一代代文艺青年们共同追慕的生命境界吧？

世界华文文学的"温州现象"

——张翎、陈河小说研究工作坊综述

欧玲艳

2019年11月20日,由中国温州大学、《当代文坛》杂志社主办,加拿大约克大学、中国暨南大学协办的"世界华文文学的'温州现象'——张翎、陈河小说研究工作坊"主题研讨会在温州大学南校区岩松堂举行。研讨会邀请海内外华文文学研究专家,就张翎和陈河的小说创作展开了热烈的讨论。

本次研讨会的开幕式由温州大学副校长徐和昆、温州大学人文学院院长孙良好、《当代文坛》副主编赵雷致辞。徐和昆副校长对与会的专家表示热烈欢迎,并就世界华文文学的"温州现象"做了介绍,他表示本次研讨会必将助推世界华文文学的发展,对温州大学相关学科的提升和发展产生积极的影响。孙良好教授从三个角度来概括本次工作坊的意义,即"张翎、陈河的创作实绩""文学的'温州现象'""世界温州人"。赵雷副主编则从学术全球化的角度谈起,提出本次研讨会是学术研究、学术交流、学术传播的校际联合、跨国协作的典范。于这样热烈的氛围中,来自加拿大约克大学、浙江大学、吉林大学、厦门大学、澳门大学、《文学评论》编辑部、《当代文坛》杂志社等高校、学术期刊社的近40名海内外学者,围绕世界华文文学的"温州现象"这一主题,以张翎和陈河的小说创作作为中心,展开了角度各异的论述。

一、世界视域下的温州气质：第二创作资源与寻找的共性

与会的各位学者针对研讨会的主题做了不同的阐述，他们以宽广的学术视野透视张翎、陈河的小说创作，并将其自身所带有的温州气质置于世界领域之中，对他们作品中的文学创作来源和主题进行挖掘，从宏观角度突出张翎、陈河小说创作的共性与艺术价值，展现二人小说创作的温州特色。

澳门大学朱寿桐发言题为《论第二创作资源的合理开发》，他从张翎、陈河小说创作的共性谈起，认为张翎和陈河都是通过"第二创作资源"进行创作的，是对文学创作资源的合理利用。作者通过阅读、调查来创作，减少对信息化、故事性的依赖，从人生深度和思想性上推动第二创作资源转变为第一创作资源。中国社会科学院文学研究所汤俏发言题为《从历史叙事看海外华文文学的非虚构倾向：以张翎陈河为例》，点明张翎的移民史书写和陈河的域外战争书写都是典型的非虚构写作文本。非虚构创作是一种非常值得期待和研究的文学存在，有利于呈现国内作家不同的叙事风貌。温州大学东君发言题为《距离的组织：关于张翎与陈河》，也从材料的角度对张翎和陈河的创作进行了阐述，东君论及陈河创作的《甲骨时光》和孙诒让写的《契文举例》之间的关系，并指出陈河能够将材料转化成小说，找到文学创作的契机。东君表示陈河将在异国的感受与自身早年的记忆融合，让其更容易进入小说叙事。浙江省作家协会郑翔的《陈河张翎小说中的温州气质——兼及温州小说家群体》的发言则从温州地域文化来思考温州小说的创作，把温州人的义利并举、重情义和敢想敢干的性格特点等和张翎、陈河的创作结合起来，将温州现象与小说连缀起来，恰恰呼应了本次讨论的主题。

关于寻找的主题，与会学者都提到了张翎、陈河在创作时不自觉地流露出他们对"寻找"主题的追求。围绕"寻找"主题对小说创作的影响，学者对二人小说中文本轨迹和人物特质展开论述。吉林大学

白杨在题为《传奇叙事、"寻找"主题与文学的"世界主义":陈河小说论》的发言中,认为陈河的小说不仅带有传奇叙事的特征,而且存在着"寻找"的主题,同时表现为回望原乡文化的特点。作家对祖国景致的追寻及寻找写作的意义,使其作品因超越现实观照而具有了文化诗学的意义。中南财经政法大学胡德才通过他的论文《论张翎长篇小说〈金山〉的艺术成就》指出,张翎小说创作的主题独特性及人物塑造的成功意义,与此同时在她小说中所体现的"寻找"主题,在《望月》《金山》等小说中都有体现。温州大学鲍良兵的发言《"后革命"时代,追寻和想象另一种生活的可能:论陈河的长篇小说〈外苏河之战〉》指出,《外苏河之战》讲述了全球化时代某华裔(小说中生活得一团糟糕的"我")除了对自我身份的追寻之外,主人公在寻找陵墓过程中的所见所闻,可以说是一个不断解构又重构的过程,潜在回应了"历史终结者"这一政治历史话语。

二、张翎小说的性别书写与抒情性

在张翎小说的研讨中,较多专家围绕她的女性气质而展开,凸显了她作为一个女性作家为小说带来的独特气质,使小说具备了少有的"空灵"特色。学者们还关注小说中的人物塑造与情感表达,探讨其作品中独具韵味的抒情色彩。

"伤痕文学"的发起者、国际新移民华文作家笔会会长卢新华,通过他的发言《张翎〈劳燕〉之我见》盛赞张翎的小说,认为她的创作具有"空灵"的特点,她的小说体现了张翎是一个思想型的作家。北美中文作家协会陈瑞琳在她的论文《"水做的女儿"张翎》中,认为张翎的小说具有"水"一般的女性特质,并用五点进行概括:流动的水,跨越千山;透明而伤痛的水;坚硬的水,可以穿石;柔情的水,因为悲悯;平静而暗流涌动的水。加拿大约克大学徐学清的《贞节观和性强暴:论〈劳燕〉》中,则从女性和性别研究的角度来对《劳燕》的女主角阿燕进行分析,讨论传统观念中对被侮辱、被损害女性的伤害、贬斥的文化现象，并追溯这种现象的成因。

针对女性主题的书写问题，不同的学者也表达了不同的理解方式。浙江越秀外国语学院钱虹的《"藻溪"故事：叙事策略与文化隐喻——解读张翎小说的关键词》，以叙事学、女性主义批评理论、文本细读等方法，对张翎笔下的"藻溪"故事、人物原型及其叙事策略与文化隐喻等方面的内容进行了深入而细致的诠释与解读。《文学评论》编辑部刘艳的发言《互文阐释视野下的张翎小说创作：以长篇小说〈阵痛〉与中篇小说〈胭脂〉为例》，以张翎小说的互文性来探讨作家阅读史对作家创作的影响，同时，通过对《阵痛》与《胭脂》的互文性阐释，探讨张翎叙事探索的新变和同题异构的可能性。大连理工大学戴瑶琴的《论张翎的中篇小说》中，认为张翎的小说创作有三个重要节点：1978年第一次进入文坛创作、1995年再次进入文坛创作和2003年作为海外作家得到大家关注后的创作，并在题材选择和中西文化观上做了详细的论述。在论及抒情性这一点上，她阐明抒情性转化在于创作者以"古典化"的抒情方式修复人与世界的裂痕，用"诗意"境界和"温柔敦厚"的诗教完成对现实经验的文学捕捉。与会部分学者的发言则侧重对女性形象的分析，浙江大学李朦的《张翎笔下苦难叙事及其女性形象的转化》指出，张翎笔下与苦难对抗的女性形象呈现出人的神性化，并提出张翎今后的书写方向是如何面对和消解隐形的苦难。浙江大学陈玉璇的《烛照灰色人生的斯塔拉：论张翎小说〈劳燕〉女主人公的形象书写及其叙事动力》认为，《劳燕》是采用隔空对话的手法探索灾难与人性的主题，并在三个亡灵的叙述中凸显女主人公的形象。厦门大学徐榛的《论张翎〈金山〉中的性别边缘化书写》，从女性新移民对男性性别书写的关注和其所呈现的新视角，论述了"金山"和"碉楼"两个人文地理空间，考察了男性在性别属性和社会属性间产生的矛盾。吉林大学杜未未的发言《置死地而生孤勇：张翎创作中的女性书写原点》关注张翎创作中的女性书写原点，探讨这一情感原点的多维主题散射、女性生存姿态的构建及其与"弱势"书写中的孤立和共生。华东师范大学朱燕颐的《打开中国的另一种方式：论张翎"江南三部曲"与〈劳燕〉》从文本细读的角度，讨论了"江南三部曲"和《劳燕》的书写欲望及方式。

文本细读和主题解析也是会议讨论的热点话题。江苏师范大学王艳芳的发言《论张翎小说的"加拿大"书写》，提及张翎的生存之地加拿大与张翎的故乡温州，将两者称为"双子星座"。张翎的两地书写体现了世界性的话题，具有跨文化讲述故事的视野，包含了真实的时空和文化内涵。浙江大学翟业军的《一般现在时里的战争与人性：说〈劳燕〉及其他》从具有抽象意义的"一般现在时"战争角度谈起，认为张翎的小说可以在许多方面采用更加具体化的处理方法。佛山科学技术学院巫小黎在《〈金山〉：自我东方化，反东方化与中国意识》中认为张翎的小说《金山》具有"自我东方化"的倾向和意识形态的叙事风格，但同时也含有"反东方化"的旨趣，在世界性的映照下呈现出东西方融合的文化观。东南大学张娟的《虚构死亡：张翎近年来的叙事转向与文本策略》言及张翎近年来的叙事转向与文本策略，认为张翎的死亡叙事体现了她全新的叙事自觉，这对推进海外华文文学创作在艺术本体和思想深度上都有重要意义。

三、陈河小说的多角度阐释与异域色彩

在陈河小说探讨中，他创作中的异域色彩体现在其小说的多方面书写。与会专家围绕"异域"的主题，针对陈河小说中的异域传奇色彩、蛮荒人性与空间书写等，从多个角度对陈河的小说进行肯定，展现陈河小说的多面性和可发生性。

异域书写的独特性主要表现在小说独具的传奇色彩和蛮荒特性。上海师范大学杨剑龙的发言题为《论陈河中短篇小说的文化意蕴和传奇色彩》，通过对陈河小说中的传奇色彩进行详细的论述，认为陈河中短篇小说的传奇色彩基本反映在离奇的故事、迷宫式的结构、神奇

的人物等方面，并以此彰显出小说独特的阳刚风格。浙江大学陈力君的《蛮荒异域和强悍人性：论陈河的"新拓荒"书写》，从陈河的"新拓荒"书写出发，直指面对文化和观念冲突，生活在异域的中国人需要融入蛮荒的异域，形成强悍粗犷的人性特征，并点明这种蛮荒异域中强悍的人性与温州人的气质有关系。

多角度和多面性是陈河小说研究的特性，展现出陈河小说研究的潜力和小说创作的独特性。浙江大学姚晓雷的《如何"越人"语"天姥"：谈陈河〈甲骨时光〉中的虚实处理问题》，从虚实处理上指出一半是虚、一半是实的"半人间写作"是温州作家的写作特点，《甲骨时光》的写作正是点到即止地处理了实与虚的关系。加拿大西安大略大学吕燕的发言《从陈河小说〈我是一只小小鸟〉看黄黑殊途》，为与会学者展示了新的研究思路。她的发言以崭新的视角——社会学的意义来看"黄黑殊途"，以《我是一只小小鸟》来反映西方社会的问题，将加拿大的跨族裔互动置于新的政治经济背景下，检视当代中国的社会分化、经济不平等，呼吁读者关注中国的小留学生群体。有的学者还从文化寻根的角度来谈陈河的小说，如浙江工业大学张晓玥的《另一种文化寻根：〈甲骨时光〉》，以文化寻根的视角对陈河小说展开论述。他认为陈河的《甲骨时光》映现出作家心态、民族身份意识从"走向世界"到"在世界中"的位移与变换。此外，张晓玥对陈河小说艺术层面的问题也进行了商榷，建议陈河在小说创作中对艺术层面进行更加精细化的处理。吉林大学王安琪的发言《不懈的追寻：陈河小说中的"他者"形象解读——以〈沙捞越战事〉〈红白黑〉〈布偶〉为例》则从人物形象分析出发，把"他"想象成一个边缘人，以身份的他者、道德的他者、世俗的他者进行评论，对人类生存本质进行理性的思索和追问。吉林大学刘珏的《寻找走近陈河的路径：从新移民书写看陈河的写作意识》，认为陈河的创作可以分为两个典型的空间——以阿尔巴尼亚和法国为中心的欧洲和以加拿大为中心的北美，展现书写策略背后的文化冲突以及移居者融入的焦虑。随后，与会学者对陈河的小说展开了热烈的讨论。

闭幕式上，作者张翎、陈河分别对研讨会进行总结。张翎对发言者认真细致的工作表达敬意，并回顾了自己创作期间的艰难和所遭受的挫折。在谈及自己遇到的误解时，张翎哽咽地讲述了《金山》的创作经历。她将自己的创作经历分为三个阶段，即热切书写阶段、平静表达阶段、创新小说形式阶段。她表示不希望自己成为一个成熟的作家，那意味着停止探索。陈河回忆起1994年离开温州时，感叹自己曾经中断了创作，于2005年才开始重新写作。在这10年间，温州的许多作家都在成长，如东君、王手等，看到他们的成就和对写作的坚持，自己也开始准备重拾创作。除此之外，陈河也点出由于自己20多年前因经商而停止写作和近10年持续漫游与写作，才使他现在拥有足够旺盛的精力和充裕的时间进行创作。

北美中文作家协会陈瑞琳在总结致辞中认为，这是一场精英荟萃的迷人会议。工作坊的两位主角张翎和陈河都在用小说探索人的存在方式，而与会学者都在宏观和微观上对两位作家的小说进行了精心的研究与探讨。本次工作坊展现出中国人已经具有了世界性的眼光，也让读者看到张翎与陈河两位作家对中国当代文学的发展和整个汉语文学的未来都做出了艰辛的探索！

温州诗人的诸面孔

——以"70后""80后"为中心的温州诗人

黄家光

现代诗的一个重要维度，就是表达对象从情感到经验的转化。经验基于体验。如果说少年可以快速习得技巧和知识的话，体验则只能来自时间的积累，或者说只能来自"在事上磨"。"70后""80后"诗人，离开少年已有时日，个人的成长与时代的变迁，在肉体与灵魂上都留下了痕迹。但如何继续写作和重新写作，如何将自身经验以诗歌的方式呈现，是他们必须面对的问题。经验的日常性和破碎性与诗歌的超越性和完整性之间尚有矛盾需要解决。甚至从语言角度讲，现代诗必然是"中年写作"（借欧阳江河语），因为他们面对的语言具有历史重负，启用任何一个词，都意味着与词之原意的对抗。如果没有对语言的自觉意识，作为陈言的词将扭曲诗人的情志，词不达意几乎是宿命。而对语言的自觉使用，就意味着有意为之的间接性。就此而言，对经验的表达要求对语言的自觉意识。语言与经验的辩证关系，构成了笔者观察诗人写作的一面棱镜。

温州这一辈诗人多已步入中年，人与诗亦逐渐成熟，近年来展示出不俗的创作实绩且呈现出不同的风格与面貌，值得关注。在此笔者以极简的笔墨对一些有代表性的诗人做一印象式的评述，使读者对现在温州的诗有一直观而概要的了解。

郑亚洪的诗充满江南水乡的温柔气质，"细雨湿流光"，语言也

如碧波清流,有着音乐的流动感:

> 认识一条船
> 从雨滴旋转的银针开始
> 穿过桥孔
> 去认识古老戏剧
> 在粮仓,在雨滴
> 剩下的
> 被田野捡去
> ——《船屋日记》

> 溪水日夜奔流,向着唯一的目的地
> 我们也奔流着,日夜不息
> 当我们重新忆起小河背,忆起沉在水里的
> 金色鹅卵石
> 忆起我们的只有不堪重负的流水和人生的无意义吗
> ——《小河背》

郑亚洪在诗中仿佛总在对着一个人说话,那个人就是"你":

> 你不是自然,不是形式
> 你不是你,不是未完成的歌
> 你是虚构出来的一个幻影
> ——《芦苇地里没有天鹅》

他的诗在优雅自得中有着古老的忧愁。这个愁往往在一个"空"字上,他有一系列以"空"命名的诗,如《南方空瓮子》《空音乐厅》

等，就像中国画中的留白，似无而实有：

> 我不认识的树，我不曾去过的地方
> 今晚你要躺在孤独的我身边
> 去梦里，住进被子里，漫长的昼与夜
> 心长成荒凉
> ——《梦》

水乡雨中的古老忧愁，是孔子"逝者如斯夫"与李煜"恰似一江春水向东流"的回音。江南不仅有水乡的柔美，也有南蛮的一股豪情，而这股豪情总与饮酒相伴。何乜的诗就有这份任侠的气质：

> 现在我来，生命是一次饮宴
> 生命是狂欢
> ——《饮宴记》

在酒徒般狂放任气背后，是"放荡的庄严"(《它的无知饮尽了你》)，与这份豪情相伴的是"悲伤"，这悲伤是"长歌当哭"，是苍茫之中的"拔剑四顾心茫然"。这份庄严与悲伤，在《写给晚年》这一组诗中，得到了充分的表现：

> 你听见，她走下楼，将整个世界带走
> 她又上楼，将所有月光带回

不过使我最为触动的是，悲伤与庄严之中流露出的幽默

> 他的乐队还要等上两天，在二十公里外

等待一个盒子、钱、化为灰的爱
——《写给晚年》

那支为"他"奏鸣的哀乐队独属于"他"。如此豁达而又如此悲伤的对死亡临近感的书写，令人动容。陈允东的诗中也有份豪情：

很早，我就和父亲对饮
我还带朋友和父亲对饮
父亲喝得大醉，我们喝得大醉
父亲说，太阳从东方升起
我们喝到夕阳落山
——《有时候，人生就是大醉一场》

但在他那里，狂放任侠的气质被沉痛的悲伤气质压抑了：

今天，我悲痛万分，众多逝者
我无力还原
——《每位逝者都要带走一部分秘密》

这种氛围弥漫在他的几组带有自传色彩的诗中，如《我在我能说出的所有言语之中》（组诗）和《来自身体的十支歌》（组诗），这种悲痛也许来自这般沉痛的体验：

目光朝上，脚步朝前，到处是路
却没能迈出最重要的一步
——《渐渐清晰》

在最近的《塞壬》（组诗）中，出现了一些对他自己而言的新质：

坐到海边，海妖塞壬住在岩石内
我抚摩她们。希望她们三个全部复活
一个弹琴，一个吹笛，一个唱歌
……
————《塞壬》

诗或艺术也许意味着新的危险的出路。跳下去之后，路在何方，需要诗人自己继续去探索：

它们最终从我的一个身体转入
另一个身体
————《风声》

侯舒啸和手格似乎可以放在一起来考察，他们的诗中都充满了理想与现实、城市与乡村之间的对立与纠葛。侯舒啸更侧重表现这一冲突，在《隐秘的自己》中，"隐秘的自己"与"熟悉又陌生的城市"格格不入，这个自己，就像戏剧舞台上的演员，咿咿呀呀地叫着：

多少爱恨失据，生死终无凭
哇呀呀，哇呀呀呀
唯有他仍在台上拔剑四顾
————《粉墨》

他渴望在自然（《快乐》）、孩童时代（《我的怯懦》）等主题中寻求出路，只是这种"内心的种子"（《内心的种子》）不易种植：

我似乎过于深入这个世界
并吸纳了它不可溶解的部分
　　　　　——《失去的部分》

手格则侧重直接表现抒情化的山水。这山水不是自动显现的，必须经过"诗眼"才能看到：

纸山。需要用一只鹅的速度
攀登。途中，不断地
拔一根鹅毛，蘸一蘸山涧里的水
书写
　　　　　——《在泽雅》

当这一现实与自身不断衰败的身体结合在一起时，呈现出更复杂的困境：

在四十岁的山谷里谈玫瑰是轻浮的事情
　　　　　——《玫瑰谷》

诗人似乎只能以决绝的姿态对此宣战：

我会等着，在坠入深渊的那一刻
说出想要说的话
那时光阴缩小成一粒针尖，高悬在前方
所有向着玫瑰的心
藏在所有向下坠落的事物中
　　　　　——《玫瑰谷》

将乡村或山水作为世俗化、功利化的城市的避难所，自有其合理性与困境，这是湖畔派诗人或沈从文式的乡土文学的内在悖论。

余退着意将历史中的人性与他的童年记忆、历史记忆、海岛想象编织在一起，呈现出一幅具体而又玄远的图景：

> 为了让狼烟猛烈些
> 我投进了一张海防图，画满了
> 农耕国的焦虑
> ……
> 这里一直是海盗和亡将的
> 法外之地。我温和的面目下
> 掩盖着暴躁的血统
> ……
> 我这代已变得驯良，仿佛真能
> 远离危难。只有内心古老的
> 不安依旧惕厉
> ——《断裂的预警》

"暴躁的血统"是南蛮气质，而"温和的面目"是江南气质，两者之间的张力构成了余退诗中的核心动力之一：

> 他不过是揭开了它们天性的隐蔽
> 部分，而非改造。温顺的山羊
> 生吞鸡仔，当饥饿让它识别
> 出稚嫩之美。
> ——《食肉羊》

将之投射到对社会与历史的观察上,可以是《行刑地》中的"枪毙游戏"、《墓顶弈棋》中的"鬼魂观棋":

两位孩子在忙着挥舞
断树枝,刺杀夕阳
　　　　——《墓顶弈棋》

也可以是对温州这个临海城市的书写(《海与岛》)、古老记忆的重拾与改造(《迷船》)和完整记忆的失落(《零售》):

在水族馆外的
小摊上,我见到了零售的大海
一只微型水母,在玻璃罐内
浮动,触须像透明的手抓取着
梦中的潮汐
　　　　——《零售》

《海滨公园》《海上乌托邦》《此岸》《永动》等皆属此类。我期望着这一图景更完整地呈现。

诗人们以各自风格化的语言陈述着经验,展示着温州诗歌的多副面孔。只是这般印象式评述,难免挂一漏万,不仅对具体诗人的刻画总是只见其一面或有限的几面,而且在诗人的选取上,也有任意性和偶然性。比如,慕白在年龄上属于"70后",但我们更习惯将之与马叙、池凌云归为一代人,所以此处不做讨论。再如,在我的图景中,缺乏女性诗人,不能不说是较大的缺憾。但限于材料、能力与篇幅,在此不得不从缺了,希望以后能有机会弥补这一缺憾。

时间里游,空间里走

——读几位温州女性作家的散文

徐洪迪

近日,收到了两位文友刚出版的散文集——夏海霜的《江心鱼》和王微微的《不在梅边》,于是想到了之前白新华的《坐标之外》、施立松的《山水间》等,她们以女性独特的视角、温婉的笔调,写行走、写故乡、写亲情、写哲思,她们才华横溢,风格各异。

品读这些才女的散文,似乎触摸到了当前温州女性作家的散文流向,虽非涵盖所有,然见一叶而知深秋,窥一斑而知全豹。

温州女作家施立松的散文富有语言表现力,有素描的笔法和写意的技巧。"南浔是一册线装书,一页粉墙与黛瓦,一页廊棚与画舫,一页青石路与油纸伞,便把人的魂勾了去。"(《线装的南浔》)比喻、拟人随手拈来,贴切自然,风行水上。"梯田是写在山坡上的长短句,短短长长、平平仄仄,一山的诗意,就美美的、妥妥的,轻吟在时光里,四季里。"(《拜访梯田》)意境深远,想象超拔。在《普陀,佛国的莲花》中,信众们朝圣上山饱尝艰辛,终于领悟到观世音菩萨普度众生的真正意义,含诗意,融入禅心,学会放下物欲,放下内心的自我。《梅雨潭》倾诉着无尽的幽怨与哀愁。《西递春色》的语言描绘浓墨重彩。似乎是早年的医生经历帮助了她,如医生作家毕淑敏、池莉一样,她的散文敏锐细腻，以幽邃而别致的女性视角引人入胜。

温州是一个奔跑的城市，作家也有各自忙碌的事业，而旅游能放松心情、启迪哲思，助力她们释放才情。自然，她们的散文也蕴含着地理景观和人生哲理，如此形象，直抵人心。

好多年前，随中国游记名家联盟走进文成采风，认识了一道行走的笔名为"逸云"的白新华，她来自山西文水，为爱来到温州。她在散文集《坐标之外》中写她在生活中旅行，在旅行中生活，识得沿途风光无数，诗意，洒脱。全书共分为三章：《屐痕》《西窗》《絮语》。《川藏美景，从稻城始》："睡在万亩青杨林中，这是何等诗意的栖居？远远地，被一大片色彩丰富的青杨林拦下了脚步……感觉呼吸急促起来，并非因为高原反应。"《亚丁，人生几多体味》里写到玛尼堆的叠放、珍珠海的宁静、藏民房东的笑容。《龙的湾》写了大罗山的美景，写了永昌堡英桥王氏抗倭，写了贞义书院的文脉，写了张璁的大礼仪和革新……她是踩着历史的脚印，走笔天涯。语言如珍珠，思维跳跃，行云流水。她在《絮语》一章中直抒心中的感触，真是"时间里游，空间里走"。语言的精确描述，是一个作家的能力体现，会让人读出情感、内心，会引发超出描写对象的美感和意义。白新华凭着阅历和天赋的双重优势，荣获第三届"罗峰奖"全国非虚构散文大赛一等奖。

旅行是心灵的一种修行。行是脚步对前方路途的丈量，思是心灵对目之所见的体悟。心有多远，你就能走多远，做一个温暖的人，浅浅笑，轻轻爱，稳稳走。

夏海霜是一位爱美的女子，时装、油画、美食、美文，似乎都是她的最爱。我们曾一同参观省内一大旧址，采风后我们都交了"作业"，我写了篇散文《穿越岁月的歌谣》，赞叹女英烈的无畏大爱精神，而她写了《红都印记》，饱含真情地抒写了红都平阳的今昔。

她辞掉了十几年的教师工作，去做自己喜欢的事。的确，一个人最好的生活状态是有自己的生活和情趣，努力完善自己，这自然会打开一片新天地。《江心鱼》散文集便是这种生活状态的反映，全书分"微视界""拣逍遥""醉时光"三部分。《一次监考》描写了小考生各异的性格，活灵活现。《中年况味》中说给自己一个干净通透、温暖善良的中年。《蛋酒之醉》中的醉是小醉，醉态有湘云之娇憨，却"醒时相交欢，醉后各分散""忆及某些事、某些人，就像是醉了一场酒，酒醒了无痕"。《爱此一拳石，玲珑出自然》以江南女子的柔婉细腻爱粗犷豪放的戈壁石，寻一份时光清浅，守自己的信念。

夏海霜的散文，篇幅短小、内容精练，用语朴实、真挚。娓娓道来，抒发自己的看法和思绪。

文成的山水滋养了文成大山深处的王微微的才情。我是在2021年浙江省文化和旅游厅组织的"走运河诗路"活动中认识她的，初次见面她微微一笑，何名？原来叫微微。她的散文集《不在梅边》分为"蹚进心里那座桥""一个人的游思""嘤其鸣矣，求其友声""美盲·文盲·思及"四部分。

观山观水皆有所感所思，趣味盎然。"蹚进心里那座桥"写的是乡愁亲情。早年上学堂，必定经过一座小木桥，揪心的梅雨季节，担心的冬日霜雪，有父亲的呵护一切轻松了，如今桥连同故乡都泊在水库底下。《醉鱼草的毒》，醉鱼草的花语是"信仰心"，一朵有信仰的花是带有花骨的花。《楠溪山水，一种精神的海拔》，一场雨是一首诗的试探，山宁静，水优雅，清凉的溪水洗涤了心中的欲望。三百里的渔樵耕读，悠闲富足。《恋石》写业余经营自己的石头店，石榴石的婉约、碧玺的妩媚、红纹石的浪漫,石虽无声却摄人心魄,石能悟心,也能悟世。

女作家对于动物、植物及器物有极其细致的体察和感悟,以细如发丝之心弹拨大自然的每一根琴弦。

故乡、乡愁的话题,她们写来得心应手,深沉纯净。

"海风越过城墙裹挟着鱼腥味喂我长大。"徐彩琴在散文《消逝的城堡》中这样描述:对城山,"村民们却轻易'吃'掉了一座五百多年历史的城墙……常常在午夜梦回时,泪水在想念的心痛里开花";对护城河,记忆中的"乌莲藤"、河蚌……让他"想跳入河中,捞回那些清粼粼的日子";对校场与坟坦,"那个恐怖之地连同青青的脚印只在记忆中泛起";对古城古庙古井,"城隍爷出行巡游,体察民情";"生命时空……付诸云烟……故唯有乡,是心脏搏动的血液"。

彩琴的文字清新、鲜活,情感如此浓郁,尤其是运用温州方言如此娴熟。那一个个熟悉而微妙的小场景和小事件,展示了古堡的漫长历史和她们一代代的成长史,宛如古朴乡村的画卷。特别抓住若干带有时尚感的细节和情境,展开高度个性化的生命和心理言说。她说自己回想起来,许多文字几乎是满含着激动的泪水写下的。成熟而理性的文中,能看到她们自觉关注自然环境和生活状态,展示生命体验和精神追索。

相比女性作家,男性作家似乎关注社会政治多一点儿,表达直白一点儿,面对社会的阴暗面显得浑厚锐利。而女性作家则不浮不躁、不媚不妖,仿佛在时间和空间里漫步。

是谁说过,女人的生命犹如一朵绚丽迷人的花,而抒写的散文芬芳四溢,幽幽花语藏心间,花若盛开,清风自来。女性作家的个性和灵性在某种程度上可以成为情真意切的女性心声。她们领略美和温暖，关注爱和失落。跟随她们的文字，可以获得全新的心灵体验，她们捧出的各具特色、各见优长的散文作品，立体周遍地烛照历史与现实、生活与生命。

鸿雁

HONG YAN

雁过藻溪痕如风

——读张翎的《雁过藻溪》

薛思雪

"那个夏日的下午,我的心被这个叫藻溪的地方温柔地牵动起来。我突然明白,人和土地之间也是有血缘关系的,这种关系就叫作根。"浅夏过半,张翎又寻根归来了,回到了那条母亲河——精灵般的藻溪畔,走进"雁过藻溪"文化客厅——一个以她的小说命名的文化驿站,与我们分享"一个夏天的故事"。在短短的一天行程里,早上,她参加了"雁过藻溪"文化客厅揭牌仪式,在简短温婉的致辞中,她深情地讲述了藻溪这条颇具诗意的河流。这条激发她创作灵感的母亲河,已不单单是一条独立的水体,而是其生命的源头、精神的根脉、传承文明与文化的载体。下午,在"张翎作品朗读会"上,她又温柔而动情地朗读了《一个夏天的故事》,让我感受到她温婉的外表下,跃动着一颗热切悲悯的素心;晚上,在"张翎作品分享会"上,她用大量的图文史料,跟苍南的文学爱好者们分享《劳燕》的创作历程,让我真切地体会到"女人的每一个故事,都是与历史无言的抗争"的生命哲思。

张翎的小说有宏大的历史叙事视角、悲天悯人的宽大情怀、洞察世事的高远视野。作为一名海外华语作家,站在异国的她将自己的女性观和世界观融入写作中,塑造出了一批独具人格魅力的女性形象。她们的生命里都遭遇了不同程度的苦难和创伤,张翎赋予她们善良、坚韧、宽容的美好品质,她们有着对生活的坚定信念、对理想的不懈追求、对苦难的坚强隐忍。张翎以细腻的笔触,书写着、审视着海内外的女性,挖掘女性命运背后的隐秘,并以自身作为女性的体验传达女性的内心感受,发出女性自我的声音,在《余震》《雁过藻溪》《女人四十》《劳燕》《金山》《胭脂》等众多作品中,我最喜欢的是《雁过藻溪》。也许是因为此次参与了"张翎作品朗读会",自己有幸朗读了《雁过藻溪》的片段,加之我与藻溪独特的关系。和张翎一样,我的外婆也是藻溪人,我外公是挑矾古道上的一名挑夫,我的姨婆嫁到了矾山,我儿时是在藻溪畔度过的。那里流淌着我童年清亮的欢乐,是我儿时生活的乐园,是我永恒的精神家园,那里的一山一水都会触动我柔软的心灵。自然而然,我对这部小说的感悟就更为深刻,被女主人公末雁和她母亲黄信月这两个女性形象深深打动。

《雁过藻溪》讲述了主人公末雁的母亲黄信月,在少女时代即陷入政治斗争的旋涡,经受了丧失人性的折磨和羞辱,她牺牲自己的青春,换来一生苟且的自由。逃离火坑,含辛茹苦隐忍了一辈子,至死也不敢暴露自己被迫害污辱的真相。尽管眼角带泪,无人体会这自由可贵,任凭眼泪在心中将悔恨煮至沸腾也绝不开口,一生隐忍一世爱。她只能在遗言中反复交代"送我回藻溪",让末雁亲自将自己的骨灰送回藻溪老家埋葬,将开启这段往事的钥匙递给了女儿,希冀女儿能从中得到启示,明了自己的出身。最终末雁在那个叫藻溪的狭小世界里,遭遇了在大世界里所不曾遭遇过的东西,在藻溪畔重新找到了自我,消解了横亘在母女间几十年的恩怨和隔阂,也领悟了人生。在她的身上凝聚着故国家园半个世纪的历史变迁——社会动乱、政治风云、家族兴衰、人际风情,其中夹杂着人性的扭曲,蕴藏着世道的不公。作者在冷峻苍凉的笔调中,对于自己笔下的人物寄予了深切的同情、宽容和关爱,这是一幅深广博大的历史画卷,也是一曲凄婉忧伤的命运悲歌。

《雁过藻溪》最打动我的是末雁母亲黄信月坚强隐忍而慈悲宽容

的形象,一个少女在一个特殊的时代,不幸碰上了一场特殊的"运动",遭遇了特殊的人生境遇。在这场"运动"中,她的大外公被贫下中农协会的人抓走了,大婶娘袁氏在被人凌辱后跳井自杀,她自己也被关押起来,遭受非人的折磨。那些人为了搜到她婶娘的金戒指,当众把她的衣服解了搜身,后来是婶娘的死拯救了她,让她有机会逃离火坑,但是她付出了失去贞操的代价。从黄信月这段惨痛的人生经历,既能看到人性的卑琐、黑暗与残酷,又能看到人性的坚强、隐忍和宽容。从藻溪逃出去以后,黄信月嫁给了温州城里一个做大官的名叫宋达文的男人。虽然那年发生的事让她受尽了凌辱,但是她并没有采用以暴制暴的方式去报复藻溪的乡民,而是以一种貌似沉默冷淡的无言大爱,默默帮助乡民们在那段最艰难的年代渡过难关。当乡里闹特大虫害时,她帮他们申请到了农药和化肥的配额及救灾款;当村里人生病时,她也尽力帮他们。黄信月的形象展现了一个女性宽容、良善、慈悲、绵柔的仁爱之心,她以自己的善行感化了藻溪人,最终当年的行恶者或放下屠刀而知恩图报,或受到了自然和岁月的惩罚,而那个一直深受良心谴责的财求以中风瘫痪告终。我不知道作者是否也在向读者昭示这样的人生哲学:人的一生冥冥之中总会有一种平衡——善良的人终将得到善果,邪恶的人终将尝到恶果;人要在不幸中学会慈悲,在寂寞中学会宽容。

"天末雁来时,一叫一肠断。"我不知道作者在用"末雁"一词作为该书主人公的名字时,是否有意化用千年前唐人邵谒《秋夕》中的这句诗,但我想用这句诗来归结末雁和她母亲黄信月及婶娘袁氏的悲苦人生是再恰当不过了。拉平末雁一生的时间长线,脱下那件华美的外衣,其实里面爬满了虱子。她出身于高知家庭,出国留学做了气象学家,过着富足安逸的生活;然而从内看却不堪一击,一地鸡毛。从小她生活在冷清而缺乏母爱的环境中,敏锐的她感知到母亲的冷淡生分,却总找不到冷漠的根源;与丈夫越明维持了十几年名存实亡的婚姻，没有爱更没有共同语言，度了苦难不度平淡，等女儿高中毕业考上多伦多大学后，即以"没有理由"的离婚收场——逃离成为她唯一的选择。在逃离到北极时，遇见了精神伴侣德国科学家汉斯，北极星空成了她寂寞心中最美的风景。汉斯刚刚在她一潭死水的心湖中投下一颗石子，好不容易漾起一丝涟漪，却没能等到她寻根归来，就在一次空难中不幸离世，那封无回音的邮件永久消失，徒留末雁无奈地慨叹。

  风过疏竹，风去竹不留声；雁渡寒潭，雁过潭不留影。站在鲤鱼山上，俯视藻溪，溪水在静静地流淌，消逝于无垠的远方。黄信月早已走完了自己孤寂的一生，末雁也已带伤远飞海外，曾经鲜活的人生沉淀在尘封的纸片和模糊的光影中，任岁月染上经年的风霜，只觉笑意淡然，透着世事流转的苍凉。想来，世间万物，亦如瓣瓣玫瑰的兴谢，亦如悠悠溪水的荡涤往复。慨生命中的一切历史变迁、时代风云、善恶美丑、生死爱恋、恩怨是非，时间有时也可以消化得了。雁过藻溪痕如风，一溪风月清如雪。空旷悠远的藻溪上空，仿佛听见雁过一声声悲鸣。

给岁月留白

——读钟求是的长篇小说《等待呼吸》

白新华

一

苏联解体是20世纪最重大的历史事件之一，这一事件，对中国20世纪60年代出生的一代人影响极其深远，非一两本书所能记载编撰、归纳总结完成的。相信再过几十年，甚至上百年，会有更多著作出现，以小说、报告文学甚至诗歌的形式，让后人以认可的方式阅读历史，挖掘真相，记录真情。

作为喜欢古代史的"70后"，我对近现代史有一种天生敌意的拒绝，读钟求是的最新长篇小说《等待呼吸》，知道这部小说是以苏联解体为背景底色展开后，我有意识地深入了解苏联解体这一历史大事件，虽然所思仍然模糊，但对满腔理想主义情怀的"60后"，却有了一些了解。"60后"这代人，因其成长于一个承前启后的时代，20世纪八九十年代的东欧政变、苏联解体使世界政治格局发生了巨大变化，因而他们身上带有明显的时代烙印，对理想信念的执着追求也超越其前的"50后"、其后的"70后"。

这种超越，我以为会为"00后"所不能理解。与刚参加完高考的儿子交流，简述故事，阐述见解，才发现不尽然，儿子竟然完全理解，以18岁少年郎的视角和激情给予正面肯定。书中所记这种历史大背景下、社会大形势下的个人理想和理想主义情怀，时隔40年的岁月，竟仍被理解与认可。

我第一次读《等待呼吸》为男女主人公刻骨铭心的爱情故事痛到心揪起来时，一个声音却告诉自己：莫斯科的夏小松太执拗，北京时期的杜怡太堕落，前者的马克思情怀太理想化，后者的生活沦落咎由自取，两者都让人心存芥蒂。

然而，另一个发自心底的力量又拉扯着我，让我重新阅读，如此宏大的叙事，如此厚实的文字，其背后，一定潜藏着更深层次的思想内容。这个声音，督促我撕开专业表达和专业知识的外衣，窥视一位经济学毕业的文学人士是怎么打破书写常规，刻画那个时代的爱情和理想的。

台风"黑格比"肆虐后的第二天，居一隅，茶一杯，书一本，我重读《等待呼吸》，窗外雨声，室内心音。

二

《等待呼吸》给我最深刻的阅读体验是真实，读"莫斯科的子弹"部分，阿尔巴特的涂鸦墙作为各种思想的投放地是为引，友谊大学和莫斯科大学之间地铁、车站及各种建筑的准确勾勒是为基，"八一九事件（又称'苏联政变'）"的历史还原，让人如临其境，以为作者一定经历过这一历史时刻。

《等待呼吸》是钟求是先生的最新长篇小说，作为一位发表过多篇小说的专业作家，语言凝练和思想深刻是这篇小说传统意义上的成功之处，两者皆需研读，方能见其文字的力量和刻画的多维。但在我看来，留白大胆和视角大胆，这两个特点更值得拎出来大赞。

"年"部分，是大片式的、山水画式的、没有内容的岁月留白，给了读者如草原一样辽阔的想象空间。莫斯科的爱情如此甜蜜，北京的生活如此晦暗，女主人公这空白的 10 年岁月，到底是如何度过的？作者只字未提，需要读者跟作者共同完成一部完整的小说，这是作者技术上故意为之，我忍不住为作者框架构造之独特用心竖起了大拇指。

"莫斯科的子弹"和"北京的问号"两部分，作者采用的是第三人称，以全知视角让读者对莫斯科和北京的生活场景、历史事件及社会现实有真切、真实的现场感。"你"部分作为过渡和转换后，第三部分"杭州的氧气"改为第一人称叙述，视角受限，顺理成章无法再写第一人称之外的其他人的心理活动，而其他人的心理活动到底是怎样的？留给读者想象吧。这不仅是结构上的留白，也是内容上的留白，甚少见一部小说采用两种视角的写法。读完全书，为作者大胆的转换而点赞。

三

写作上所有的技术，归根结底都是为了内容服务。

从内容上出发读小说，男主人公夏小松在"八一九事件"中被误伤，回到北京就死了。从第二部分开始，他就不再出现，而他这个人却如一条半透明的线，把整部小说从头到尾串联起来，构成青春与理想共滋长，为坚守爱情，在无法改变的现实中，女主人公与命运抗争的一段让人心痛的绚烂爱情故事。

读到夏小松死的章节，我为杜怡最后一刻的缠绵泪滴茶中，因为是如此心痛。第一次读"北京的问号"时，我对杜怡是不满的，如此完美保守的女子，怎可如此堕落地对待自己的生活？

靠吃减压，释放悲伤，拒绝"胖卷毛"，却又参加"天问"前卫艺术展，进一步导致在"虚度斋"失身如先生；做家庭教师，不认为自己是小三，却又被认作麻将老板的小三抓了奸，胸部还被人画了"×"；敷衍父母，参加同学会，涉入从李三儿到胡姐儿的灰色组织，有情人做无情事，不可避免地又泛了情，代价是被斩断右手小指，还被迫吞食了海洛因。这跌宕的晦暗生活，完全不应该是杜怡这样一位有文化、有理想、有操守的年轻女孩子该过的啊！

因为不应该，真实才更血淋淋。

漫长的回忆，太多的瞬间，温暖整个曾经，爱到深处，绝不会因为合适而迁就，而对不迁就的反抗，只会让自己遍体鳞伤。

读完"杭州的氧气"部分，我认真聆听了《氧气》这首歌，感到曲子里的每个音符都标志着抗争，体会歌词里的每个字词诉说的不屈，想着作者为什么将第三部分起名为"氧气"。同时认真阅读了5页纸的经济学分析，给自己做了一次经济学知识普及。

我好像完全忽略了章朗这个人。他的形象是这个时代很多人物的集合体。看在他为杜怡留了一个孩子的份儿上，我没用"蟑螂"这个代名词写他。他是善良的，但是我不喜欢他。

有些人早已远去，消失在人海，消失于人世外，却让人用一生的时光怀念。

性和爱分离，杜怡生了一个孩子，取名夏小纪，纪念夏小松，并陪伴在夏小松的父母身边。多年后，她和夏小纪"不是在贝加尔湖畔，就是在前往莫斯科的路上"，世界上再没有一种感情让人心痛到无法呼吸，让人如此荡气回肠。

作家想表达更深沉的历史承载和更高远的理想寄托，虽用爱情这个题材做了外衣，但其内核才是作品的高度和生命力。一位优秀的作家，用强劲的想象力抵达历史现场，调动半生的社会阅历，总结社会现象，开启行走模式，沉淀岁月，挥动手中毫，锻造岁月，用一部小说抵抗苍苍岁月的流逝，而岁月之外，是片片留白。

从《金属心》到《猛虎图》

——评哲贵小说

韦 陇

一

远远近近，哲贵的小说我几乎都读过。当这些小说以结集的形式又一次展示在我面前的时候，每一篇都像是一位"故人"。这么多"故人"聚到一块儿，就感觉特别亲切、喜庆。当我把这些"故人"一一重温，许多话语就源源不断地诉诸笔端。

哲贵小说给我的最初印象源自《德炳老师在仙堂小学》。读着这篇小说，一个内心丰富而又非常真实的乡村普通教师形象跃然纸上，读者似乎熟悉他的每一个口吻和每一缕气息。之后，哲贵到鲁迅文学院进修，还是不停地写他的乡村教师，非常用功。终于，他的《音乐课》刊登在全国性文学杂志《青年文学》上。如果说，《德炳老师在仙堂小学》把一个乡村教师写活了，那么，《音乐课》则是把一群乡村学生写活了。它写出了一种理想，那是乡村小学的理想，更是乡村孩子们的理想。这些生动、生猛的理想被哲贵发现了，于是《音乐课》具备了让人感动的要素。

也许是题材的局限性，哲贵的创作在同类题材上盘桓良久，未能取得新的突破。他本人也意识到了这个问题：专写乡村学校一类的题材，路子太窄，创作空间太小，能力施展不开。他此前的小说虽有轻灵飘逸之美，思想内容上却分量不足，且在一定程度上游离于社会现实之外。此时哲贵已在《温州商报》社工作，随着社会阅历的递增和眼界的拓宽，他也进一步拓展了创作视野。

哲贵开始写农民进城务工题材的小说，一篇接着一篇，作品也慢慢有了分量，有了厚重感。哲贵的小说开始遍地开花，《十月》《当代》《人民文学》等各大刊物刊登了他的小说。

再后来，哲贵不写进城务工人员了，而是写他的信河街，写温州的有钱人。我没当过富人，虽然并不"仇富"，但也谈不上对富人有什么好感，总觉得富人是以财富来衡量每个人的价值的。然而，哲贵笔下的富人别开生面。信河街的富人们，似乎总是挣扎在财富欲望和道德底线的边缘，为了在物欲和良知之间找到一个平衡点，他们往往不遗余力，有的甚至为此付出了惨重的代价。2007年，哲贵的中篇小说《决不饶恕》发表于《人民文学》。在这之前，我和哲贵讨论过这篇小说。说实话，我并不看好这篇小说，觉得有点粗糙，有几个技术环节明显没处理好，更重要的是，看起来不"真实"。《决不饶恕》写的是一个叫刘科的浪荡子，骗走了一个叫周蕙芪的钟情于他的女人的55万元，然后销声匿迹。被骗的钱中，有50万元是周蕙芪从亲戚和邻居那里东拼西凑借来的。周蕙芪为了还这笔钱历尽艰辛和屈辱。数年后刘科发达了，回到信河街，想把这笔钱还给周蕙芪，并想用更大的回报来补偿她。但是，伤透了心的周蕙芪既不接受刘科的还债，也不接受任何形式的补偿。一个极度需要钱的女人却拒绝了金钱，而且是那么多的金钱，我认为，这在生活中是不可能发生的。关于这一点，哲贵的意思是，他所思考的正是这种"不可能中的可能"。在哲贵的"信河街"系列中，一直贯穿着这种创作思维。但我还是认为，小说应该写生活中"可能发生"的故事。

哲贵的"信河街"系列包含很多篇，除了《决不饶恕》，他还写了《陈列室》《住酒店的人》《金属心》，一篇比一篇好。他还是坚持写他"不可能中的可能"，但已不再粗糙，通过性格刻画、心理描述、细节铺垫及其他的各种技术处理，生活中的不可能已经完全变成了文学中的可能。简单地读哲贵小说中的故事，会产生一个疑问：这可能吗？但当真正进入了小说，顺着故事和人物往前走，就出不来了，会觉得，这个故事理应如此，如果故事的发展是另一个样子，反而是"可能中的不可能"了。这时我又发现，原来对于"可能"和"不可能"的判断，其实是相对的。

哲贵这一时期的作品，最具代表性的应该是《金属心》。写的是一个叫霍科的富人，因为患有严重的心脏病，换了一个金属心脏。其实在这之前，由于疾病、特殊的生活经历及无情的商场角逐，霍科的心早已变得和金属一样又硬又冷。换"心"之后，霍科无意中邂逅了乒乓球教练盖丽丽，在长时间的交往中，盖丽丽的真诚和善良慢慢融化了他那颗冷硬的心。小说的结尾写道：这时，他很清楚地听见自己左边心室的跳动声。他伸手去摸了摸，似乎有了一丝的温度。

正如李敬泽先生说的那样，哲贵的小说通常是寓言式的，在寓言性的叙事中展开他的想象和洞察。李敬泽对哲贵这一时期的创作是这样评价的："我猜想，在很多年后，哲贵的这批小说会比现在很多在同一问题上发出慷慨激昂的声音的作品更有价值，因为他怀着同情，但又很可能怀着最深的反讽之意，在小说中验证了他的人物的人性水平。"

我曾经提出过这样的疑问：为何哲贵不着力去鞭挞普遍存在的富人的唯利是图和麻木不仁呢？哲贵回答："不管是穷人还是富人，我写我的理解和希望，以及理想。"

可以说，从小说里，我读懂了哲贵的精神世界，他对生活的理解，以及对这个世界所抱有的幻想。

二

长篇小说《猛虎图》是作者对信河街人物的一次集体检阅。在小说结尾处，宇宙网络公司横空出世，这代表着全新的互联网商业时代的到来，也预示着一场更加凶险的财富角逐游戏即将拉开序幕。当一群年轻的猛虎咆哮着迎面扑来时，上一代的猛虎或已一蹶不振，无力再战；或在筋疲力尽之后，厌倦了商场的搏杀。但他们是否就此退出江湖，又能否全身而退？接下来的人生道路，他们将何去何从？长江后浪推前浪，当陈宇宙这一代人登上信河街的历史舞台，又将演绎出怎样惊心动魄的传奇？

《猛虎图》是一部好看的小说。不同的读者对"好看"会有不一样的定义，环肥燕瘦，审美各异其趣。故事跌宕起伏，语言精准流畅，人物鲜明有趣……这些都是"好看"的必要前提。当然，哲贵作为一位敏锐的青年作家，他所认为的"好看"绝不只是停留在这些基本的技术层面。我们很难确凿地说《猛虎图》最大的看点在哪里，而这或许正是这部小说的可贵之处。

史书记载历史事件，而小说，尤其是长篇小说，则往往以重大历史事件为背景,利用文学的话语系统,虚构属于作家内心最客观的故事,赋予历史以当下的意义。小说不是史书,但我想,它应该比史书具有更高层次的真实,因为它直指人心,并以内心的真实反照历史,使历史事件不再冰冷和无情。

人物及人物内心的"真实",则来自客观地对待。哲贵说过,他的写作,首先要求自己对笔下的人物不带任何偏见,即便人物原型来自现实生活,即便这个原型让他万分厌恶。《猛虎图》中每个人物的性格既是独特的,又是多重组合型的。陈震东多智跋扈,王万迁急进自卑,胡长清沉稳刚毅,计化龙狡诈阴鸷,刘发展谨慎守业,许琼以及许瑶随波逐流,李美丽敢作敢当……但我知道,这些都只是我对小说人物的片面定性,是"一言以蔽之"的无奈之举。哲贵笔下的人物,并非如此简单、粗浅,这些人物性格既丰富又复杂,如果非要说清楚,这让我感到无能为力。于是我认为哲贵做到了——他对人物没有偏见。

偏见是一种侵犯。对任何一个人物的褒贬,都将侵占读者的审美空间;对任何一个事件的主观评判,都将影响和误导读者的阅读感觉和审美取向。所以作家没必要做如此无谓无趣之事,他只要讲好故事就够了。《猛虎图》徐徐展开一幅群虎争雄的图画,在这里,只有力量和智慧的展示、较量,虎尾春冰,殊死搏斗,生死成败各有天命……人性的美好与丑陋,内心的光明与黑暗,在故事的推进中如影随形。

商人陈震东和哲贵的信河街,实际上也是当今中国商业社会的一个缩影和历史符号,这段历史或刚刚成为过去,或正在发生。十几万字的《猛虎图》对于这一段云谲波诡的信河街历史只有最忠实的呈现,没有多余的议论,也没有一个字的道德说教,这是多么干净。而正是这种客观、干净的作品特质，使《猛虎图》具备了丰富性、多义性，以及解读的多种可能性。

　　这是个镜像世界。当心如猛虎的陈震东身受重创伤痕累累时，在他的"心识"里，所有的人都变成了老虎，包括他最好的朋友和妻子。也许，只有当陈震东驱逐了他自己心里的猛虎，才能改变他的"心识"世界，让世界恢复到原来的平静、平和，乃至有可能找回另一个风和日丽、温暖如春的"镜像"。

　　境随心转，在残酷的社会现实面前，如何善护其心，似乎远比如何功成名就更加值得我们去深思。

PIN WEN
◎ 品文

《手工》：一篇全面开放的小说

晓 苏

新春伊始，万象一切如昨，唯有王手的小说《手工》让我感受到了一股迷人的新意。毫不夸张地说，这是我近10年来读到的最为陌生、最为怪异、最为另类的一篇小说。它完全抛弃了源远流长的小说传统，毫不顾及约定俗成的小说规范，好像是故意要和众所周知的小说过不去，并肆无忌惮地对其进行"冒犯"和"破坏"，从而彻底颠覆了人们对小说这一古老文体的固有认知，同时也轰然瓦解了人们在长期阅读中形成的关于小说的接受习惯和审美经验。

读完《手工》之后，当我们带着惊奇、诧异和欣喜，再回过头去打量以前那些小说的时候，不难发现，与《手工》相比，以前的小说，包括那些被读者奉为经典的小说，它们或多或少、或深或浅、或明或暗地几乎都陷入了某种固定的模式。模式意味着封闭，任何模式化的生产，其产品必然带有封闭性特征，即雷同或类似，文学生产自然也不例外。从这个角度来讲，以前的小说似乎都可以看作封闭性写作，或者叫封闭叙事。也许，正是因为对既有的小说模式产生了厌倦和不满，王手才通过《手工》展开了一场小说革命。他要摆脱各种模式的束缚，把小说从封闭叙事的窠臼中释放出来，为它松绑，还它自由，让它走向无拘无束的开放叙事。毋庸置疑，王手的这场小说革命大获成功。在《手工》这篇作品中，所有现成的小说模式都被推翻了、打破了、摧毁了。作者桀骜不驯、狂放不羁、随心所欲、任性而为，丝毫不按套路出牌，总是剑走偏锋、出其不意、时时标新、处处立异，不停地给读者制造意外和惊喜，从而完成了小说从封闭叙事到开放叙事的华丽转身。

在《手工》这个全新的文本当中，作者虽然在极力弱化小说的文体特征，但小说的基本元素依然存在，比如细节、故事情节、环境、人物、视角、时空、线索、结构等。正因为如此，我们才仍然把它称为小说。然而，与传统的小说相比，出现在《手工》中的这些小说元素，已经彻底改变了秩序和状态，甚至连功能也发生了变化。在传统的小说里，这些元素都按照种种既定秩序被有条不紊地安置在一个封闭的系统之中，处于一种封闭状态。而在《手工》里，所有的小说元素都挣脱了原有秩序的牢笼，都被打开了、解放了、唤醒了、激活了、点燃了，全都进入了一种开放的状态。它们就像一只只冲破桎梏的鸟儿，在小说的天空里上下翻飞，左右奔突，东西腾挪，绽放出一道道耀眼的文学光芒。

在我看来，《手工》是一篇全面开放的小说，它的故事情节是开放的，人物形象是开放的，主题思想是开放的，甚至连线索、结构和语言都是开放的。不过，我在这里不打算面面俱到地进行分析，只想着重谈一谈小说中的故事、人物和主题，看看作者是如何将它们从封闭转向开放的。这也正是王手为我们的小说创作所提供的最新鲜、最独特和最宝贵的经验。

我们先说故事情节。故事情节是小说的必备元素。在传统的小说中，好故事情节理应具备三个特征：一是紧凑，二是完整，三是连贯。这也是传统小说对故事情节的三个基本要求。但是，《手工》里的故事情节却显得杂乱、零碎、松散。显而易见，这是王手有意为之的。

小说主要写了三个方面的内容：一是个人成长的经历，二是谍战剧的片段，三是社会变迁的背景。例如，主人公在给女友的情书上画邮戳；地下党将证明陈佳影身份的电报调包；哀悼毛主席逝世的时候，在黑纱上印字。本来，这些故事情节都有因有果、有起有落、有始有终，既集中，又完整，且连贯，但作者不停地切换时空、不停地变换视角、不停地转换语境，经常掐头去尾、以点带面、走马观花、蜻蜓点水、声东击西、移花接木，故意把紧凑的故事分散，把完整的故事撕碎，把连贯的故事打乱，然后再通过错位、拼贴、嫁接等现代技巧将它们重组。这样一来，故事在小说中就完全开放了。开放之后的故事，便不再像处于封闭状态那样显得单调、单纯和单薄，而是获得了更大的张力和弹性，同时在叙事上也拥有了更多的再生功能，譬如象征、隐喻和反讽。

说了故事情节，我们再来说说人物。人物毫无疑问是小说的关键元素，无论是传统小说还是现代小说，都特别注重人物形象的塑造。《手工》中也写了人物，并且人物众多，既有现实中的人物，如"我"的女友和情人；又有影视中的人物，如《和平饭店》中的陈佳影和《风筝》中的军统六哥；还有历史上的人物，如邓小平和周恩来。然而，出现在《手工》中的这些人物，与传统小说中的那些人物是完全不一样的。在传统小说中，人物形象一般都是按照二元对立的模式塑造出来的，要么是正面人物，要么是反面人物，楚河汉界，泾渭分明，好人坏人，一目了然。其实，这些二元对立式的人物都属于概念化、脸谱化和标签化的人物，显得极不真实。《手工》中的人物却截然不同。在王手的笔下，人物不再是二元对立的，他们往往善恶同构，美丑互涉。换句话说，人物都是开放的。比如，作品中的"我"，既是情节的推动者，又是故事的叙述者，无疑是小说的核心人物。但是，这个人物异常复杂，既本分又狡猾，既真诚又虚假，既胆大包天又谨小慎微，既心地善良又工于心计。作品中写到"我"给恋爱对象写信这件事，足以看出人物性格的复杂性。为了使对象开心，"我"坚持为她写信，并保证让她每个周一都能收到一封信。可是，有个周末"我"因加班而耽误了写信，于是就通过手工弄虚作假，在信封上画了两个邮戳，然后自己骑车冒充邮递员把补写的一封信抢在周一送到了对象手边。在这件事情上，读者很难对"我"进行正反判断和好坏鉴定。而且，作者在叙述这件事情的时候也没有表现出任何倾向度。事实上，这正是王手在塑造人物时所采用的开放性策略。由于人物开放了，打破了二元对立模式，反而使人物显得更加真实可信，也更加贴近生活的本相和原貌了，同时还扩大了人物的典型意义。

最后，我们说一下主题。主题指的是作品的深层意蕴，任何一种文体的作品都必须具有一定的主题，小说更是如此。不过，关于主题的认识与表达，无论是作家还是受众，都有一个发展演变的过程。在小说中，一般来说对主题有三个基本要求：一是教育性，二是明朗性，三是集中性。但是，随着时代的变革、社会的进步、生活的丰富，以及人们欣赏趣味的变化，人们对主题的要求也发生了改变。渐渐地，人们更加强调主题的审美性、模糊性和多义性。也就是说，人们对封闭性的主题已经深感不满，渴望以开放性的主题来取而代之。从这个意义上来说，王手的这篇小说显然满足了读者对小说主题的最新诉求。在《手工》中，我们都能感觉到"手工"是一个关键词，也是一个核心意象，还可以说是所有主题的源头和生长点。但是，我们无法用一两句话来概括和归纳它的主题。原因在于，这篇小说的主题是开放的。或者说，"手工"这个关键词本身也是开放的，既可以从本义上去理解它，比如手艺、匠心、智慧、谋略等；也可以从引申义上去阐释它，比如伪装、阴险、狡诈、毒辣、做手脚、耍花招、用手段、玩伎俩、偷梁换柱、瞒天过海……更有意思的是，王手还运用联想、互文、杂交等艺术手法，将本无关联的故事和人物交织到一起，从而使小说的主题更为多义、更加模糊，同时也更具有了审美价值。

在即将结束这篇关于《手工》读后感的时候，我顿悟了，觉得小说创作实际上也是一种手工。在这方面，王手无疑是一位手工高人，我应该虚心地向他学习。

妙趣横生背后的严肃思考

——评程绍国《人们来来往往》

朱小如

2021年新年刚过不久，就收到了温州作家程绍国最近出版的中短篇小说集《人们来来往往》，其中有他近些年发表的九篇作品。于是，我便依该书所列顺序一篇一篇地读下来。但比较特别的是，我明明在读着《人们来来往往》，却会情不自禁地又翻回到前一篇《拯救木沛骥》的一些段落；明明已读完《金及爵事略》，该读下一篇《木藤家事》了，却又停顿下来翻回到《人们来来往往》重读一下。这样的阅读过程当然不是由于读得比较粗心，或者是由于自己常年阅读长篇小说而养成的"坏"习惯，而是我在阅读的过程中，强烈地感受到这样一些看似无关的中短篇小说故事情节中，似乎隐藏着一种至关重要的联系纽带。

首先，我被绍国笔下的各色人物吸引住了。无论是写活在"当下"的金及爵，还是写有些"历史尘埃"的邱天宇，绍国都能把他们写得活灵活现且妙趣无比。不妨举个例子：金及爵这个在现实生活中实在有些"坏"的人物，为报复不"买他账"的"警察"，失手将"警察"害死，于是被判了刑，而后又患上癌症，保外就医，等死，但临死前，他竟然要求"我"在他身上披"旗子"。这种引人发笑且妙趣横生的细节，完全符合金及爵这个人物性格的发展逻辑，显然是无法虚构的，必定要有深厚的生活基础才发掘得出。应当说这样的小说结尾与著名小说家欧·亨利的出乎意外而又在情理之中的结尾，有异曲同工之处。

又如，绍国在写有些"历史尘埃"的邱天宇这类人物时，原本我以为会不可避免地带有沉甸甸的感觉，但我错了！绍国在描写此类人物时，依然能让人读来感觉举重若轻，做到驾轻就熟。什么道理呢？

细读此篇小说，第七节的开头是"话说邱天宇。十多年……"这样的客观叙述；到第八节的"邱天宇的儿子叫邱迟"，依然还是这样的客观叙述；而到了第九节，则变成"邱迟这个浑蛋，后来成了我的父亲"，从而使前面的客观叙述一下子转为"我"的主观叙述。而也正是这一看似有些"生硬"的叙述转换让我读出了道理，也终于明白了这样一些看似无关的小说中，究竟隐藏着怎样一种至关重要的联系纽带。

其次，纵观绍国笔下的各色人物，始终围绕着另一个至关重要的人物，那就是"我"。"我"既是小说里的人物，与小说里的其他人物有着千丝万缕的关系（不是发小、朋友，就是老师、长辈），又是小说故事情节的"叙述者"。"我"具有这样的双重责任，使得"我"在叙述故事情节、人物的时候一点儿也不会"隔"，拿捏、把握、分寸感无不适当。

绍国的这些小说的思想性和深刻意义，其实也都隐藏在"我"的介入中。

小说是一门叙事艺术，讲求的就是怎么写，而如果没有从怎么写里找到依据，简单地下定论说作者写了什么，往往会很不靠谱。

由此，我才深深地意识到绍国的这些小说不仅有许多妙趣横生之处，且给读者留有丰富的想象空间和严峻的思考命题。

比如，绍国写"邱天宇第一次被父亲揍了……长工也痛揍儿子金元宝"，紧接着绍国写道："你不是说护送天宇吗！"断行，再一句："你不是说护送天宇吗！"再断行，再一句："你不是说护送天宇吗！"再断行，再一句："你不是说护送天宇吗！"显然这里的每一句都比上一句声高，下手也显然一次比一次狠。

一定是这样,为什么?难道就不会是一句比一句低,一次比一次轻?绍国留给读者的思考空间不可谓不大,读者若不反复地读上几遍,难以体察到其文字背后的情感力量。

至于小说里长工痛揍儿子究竟用手、木棍,还是皮鞭,就由着读者根据自己的生活经历来展开丰富的想象了。

一部文学作品的好坏,主要衡量标准在于它文学性的强弱;衡量一个小说家好坏的标准,在于仔细考察其文字背后的情感力量。

反复阅读绍国的小说,其行文,多用短语,简练而入木三分,基本舍弃了长句式的一般化描写,叙事节奏感觉特别明快,读起来通顺流畅。小说的故事情节虽复杂多转,曲折离奇,却几乎完全做到了如汪曾祺所说的"贴着人物"走。而其叙事策略和立场既有契诃夫式的"幽默和讽刺",又有鲁迅式的"哀其不幸、怒其不争"。

简而言之,绍国的小说创作,艺术个性十分突出,整体上"幽默和讽刺"的美学风格追求格外彰显。纵观中国现当代文学史,似乎也只有张天翼前辈的创作是整体上有如此美学风格的。

差不多20年了,我清楚地记得最初认识绍国时就知道他小说写得好。当我面说这话的不是别人,而是大名鼎鼎的林斤澜老师。

时光消逝了我没有移动

——读马叙诗集《错误简史》

郑亚洪

　　那天马叙送我两本新书，一本是散文集《乘慢船，去哪里》，另一本是诗集《错误简史》。我把它们带到清河西，在湖边读马叙的文字，读他的水墨画。一个老头儿靠在一只大船上，月亮离他很近又很远，"江堤外面，湖水在继续上涨／闪亮、闪耀，使人恍惚"。诗歌印在散文集的封面上，很淡雅，又很恍惚，典型的马叙诗句。这本小书很适合在湖边阅读，一个人，慢慢读。而我心散，忍不住往他的诗集里瞟一眼，《错误简史》，一只秃鹫蹲在枯枝上，冷漠地背对我们，像一滴墨水，但还没有落下，眼睛和鸟喙非常犀利，似乎有意将你往那里引。"针尖扎入日常，这么轻，这么小／数十年来唯一一次——抵达骨髓的／不被知晓的提醒"，就那么极轻微的一句，非常有力，刺痛阅读者。你还没翻开书，还不知晓作者写了什么，你已被封面上的诗句所打动。翻开书，找到《针尖》，读完，感受到"针尖"扎入万物这个疼痛的过程，轻，若有若无，"仿佛从来没有发生过"。起风了，三个穿宋朝服饰的年轻女人走过来，一只白如雪球的哈巴狗走过来，快艇在水面上飞驰，"巨大的马达／犁过浪花，犁开书中未删减的章节"。如果马叙在现场，他看到的会比我多吗？这个日常而平庸（马叙经常用的一个词）的场面，会让他兴奋吗？他会警觉吗？发出与日常相反的声音，写出一首《湖边的错误》，直到我们服了，并认同他——他的文字，无论散文，还是诗歌，最后我们都同意，所有的平庸事物也都同意，这是一个巨大的错误，错误简史现在由诗人马叙来纠正。

马叙之前出版过两本诗集，名为《倾斜》和《浮世集》，《错误简史》中的语句比前两本的更简短、更迅猛，也更有力，语调显然放缓许多。诗人的语调是天生的，经后天写作训练产生也是一种。前者如海子高亢的抒情诗、里尔克的前期祈祷诗作，茨维塔耶娃则像是在高音 C 上发出声的；后者如 W.S. 默温，进入晚年后诗风转向田园式歌咏。马叙喜欢虚构，他的散文边在场、边虚构出不在场的在场，他的小说也如此。小说就是虚构的嘛，我是说他对时光的虚构。时光是件迷人的小东西，可是它很残忍，因为任何人到头来都逃不过时间的大镰刀。马叙还有本散文集《时光词语》，可见他对时间的喜爱与痴迷。写诗的马叙依然沉迷于对时光的虚构，"这一天，是虚构的一天 / 没有时间，没有空间 / 没有欲望，没有声音 / 没有可能和不可能，没有肯定和否定 / 没有'没有'这个词语"。（《倾斜》）我们一眼便看出了诗人马叙对时间的不耐烦，可他对它不投降，通过一系列"否定"和"没有"来达到肯定和拥有。最后他这样写："这一天 / 我握枪潜行在最后 / 我不知道自己 / 有没有向'有没有'这个词语开过枪"。暴力美学在他的诗歌里屡见不鲜。《浮世集》则换成了厌世或拒绝："多少人不喜欢这场雨 / 他们不说话。并且，闭上眼睛拒绝! 甚至，把湿衣裳塞进墙洞，用石块堵上!"

快"退二线"的时候马叙遇到了身体上的一个小麻烦，康复后他从一个愤怒的"倾斜者"转变为成熟、开阔、稳健的写作者，从前大口喝酒，现在只喝白开水，还画起了水墨画，俨然一个"晚期风格"的作家——这里借用一下哲学家阿多诺提出的名词。如果欣赏贝多芬的后期作品，你会听到"逾矩"的乐曲，有点涩，不圆润，这与贝多芬受耳聋折磨、年龄衰老有关。马叙诗歌的转变则与对词语与语速的控制有关。在作品《针尖》中暴力美学依然存在，只不过被遮掩了。"仿佛被虫叮了一下 / 仿佛从来没有发生过"，后面一句否定了前一句，诗人对"一切从来没有发生过"表示歉意，要愧疚的是诗人而不是这个世界。"冬来了，我独自走在鄱阳湖边／我就是随便在湖边走走——一如我对生活的平淡态度"（《我就是在湖边随便走走》）。看似"随便"，实则是一种语调：在漫不经心处抵达事物的高度，放弃对"给寂静取名"的雄心，"今年一整年，我都想不起任何人"（《寂静》）。《我好像跟着落日走》同样是首语调控制叙事的好诗歌，不再靠词语取胜，舒缓又不安，不安又必然如此。现在我们来谈谈诗集开篇之作《在一匹斑马旁谈论大雪》：

一个寒冷的下午
在一匹斑马旁，谈论一场突来的大雪

开头两行简简单单，却营造了气氛，"寒冷""突来的大雪"，而这都是因为一匹斑马。人跟动物交谈，为什么不是人与人交谈？与动物交谈，人放弃了人的恶习，如傲慢、高谈阔论、自以为是，从而取得与动物同等的视角。斑马是马叙喜欢的动物，是他诗歌里经常出现的意象，他会反反复复地写，不厌其烦。

斑马站着，不动
雪是它的白色部分，它的黑色部分
是一座庙宇，于大雪纷飞中
供人安静地祈祷

这是非常了不起的推进，从雪、从斑马、从它的黑白条纹，突进到"一座庙宇"。斑马站在雪地里，仿佛一座祈祷的庙宇，多么神奇。我不知道马叙是不是受到里尔克的诗歌《致俄耳甫斯的十四行诗》的影响，那里也有一座"聆听的庙宇"。"祈祷"这个词令人感觉意外，因为他不喜欢用滥的词，如果要用必须别出心裁，成为马叙式的。马叙把三者——斑马、雪、庙宇合为一。白与黑只是自然的元素，相对于"大雪纷飞""供人祈祷"的出现那么恰到好处。我们可以安静下来，祈祷。

> 此时的谈论，须继续放低姿势
> 即使是谈论一场前所未有的大雪
> 也得控制词语与语速，控制住音量
> 必须对黑色要有足够的尊重
> 要有足够的冷与谦逊

谈论斑马，还是谈论大雪？谈论白，还是谈论黑？人们喜欢白色，马叙则倾情于黑色，对黑色喜爱有加，恨不得雪也是黑色的。雪为什么不能是黑色的呢？在保罗·策兰看来，雪花就是黑色的，牛奶也是黑色的，"清晨的黑牛奶我们晚上喝"。可我们"须继续放低姿势"，这是一种低调的口吻，一如马叙从前遵守的低姿态。我们只有取得与被谈论事物同等的姿态才可以看清它们。"即使是谈论一场前所未有的大雪／也得控制词语与语速，控制住音量"，这是主题句，在第三节中部出现刚刚好，也就是说，马叙的晚期风格出现了，它表现在控制上，控制词语、语速、音量。"必须对黑色要有足够的尊重／要有足够的冷与谦逊"。黑，并非只是白的反面，它吸收一切光，从不吐露，它冷酷，这让我们学会谦逊。

> 它用同样的白色告诉雪原
> 告诉低声谈论的两个人
> 一切起始于河流般的黑色部分
> 在它走动的一刻，黑是温热的亲人
> 在它静止的一刻，黑是秘密的核心

到第四节，黑成了核心，成为主旋律。这一切都是斑马说出来的，"它用同样的白色告诉雪原／告诉低声谈论的两个人"，两个在雪地里交谈的人反为"受训者",教育他们的则是动物,这种非常有趣的人与动物互换角色在马叙的诗歌里常常出现,如《鳄鱼醒来》《乌鸦》《可能的词语与野兽》《大鱼》。大概马叙觉得人虽居于灵长类动物之首,但并非全能的控制者,有时候它还不如细菌强大。马叙借斑马告诉我们受尊重的黑色的河流般的流动,包裹了一切,席卷了一切。黑色是"温热的亲人",是"秘密的核心"。在大爆炸之前,宇宙不就是一个巨大的黑洞吗?

"还有一些不必说出,静默足可"
谈论了一下午的两个人,站立在雪原上

这匹斑马已悄然走远
留下的一座庙宇,被大雪掩盖
黑色,河流,静默的雪
构成另一匹斑马,足够我们谈论一生……

在六小节诗里,第五节的两行诗像一次停顿,一次舒缓,呼应了开头。最后一节,斑马走远,留下被大雪掩盖的庙宇,另一匹斑马诞生,它由黑色、河流、静默的雪构成——这虚构的马。《错误简史》里的白马与黑夜,《雨夜,马》里的漆黑的马与漆黑的夜,《大雨如注》里的大雨如注与一生只有这一夜,《齐溪镇夜雨》里的雨声与人生……马叙在他的诗歌里反反复复写,写夜、写大雨、写失眠、写静默、写短暂、写虚无,写得很实质,有时很荒凉。人不过是时光里的灰,有时候,连灰也不是。

说话要节约,笔墨要节省,删除不必要的,连说话的人也要删除。马叙为什么不这样写呢?

杏花消息雨声中

——读陈友中《本色集》

张宏良

陈友中兄久居乐清，偏居一方，心也沉着，文也沉着。我素喜读他的散文，朴实淳厚，自成一格。但他的旧体诗，我还是第一次读到，书名是《本色集》。本色好，友中兄的本色是"我思故我在"的本色，是情随境生、移情入境的本色，是怡然自得、"一壶不觉丛边尽"的本色。"客子光阴诗卷里，杏花消息雨声中"，友中兄写着写着，就把自己也写成了诗歌的一部分。

古人论诗，常用"意"字——诗意、意境、用意。陈友中在《送客》诗里这么写道：

送客入幽谷，霜晨气清新。
新春已数日，残冬履痕深。
迎风树无叶，溪流泉有音。
田里荒草烂，绊脚野藤隐。

这种诗情，正是他对故乡复杂情感的表现，"迎风树无叶，溪流泉有音"，以泉有音为心，自然小我扩大，去寻找，却发现"田里荒草烂，绊脚野藤隐"。"田里荒草烂"是"意"，萧疏的场景，意难平，所以要"野藤隐"了，这就是"境"，山村闲人真正的自然心态，如水流花开，流乎其所不得不流，开乎其所不得不开。以这条线索贯之，陈友中在《本色集》中抒写故乡的一草一木、一河一山，就不难理解了。故乡情结，不知是谁说的，"没有故乡的人寻找天堂，有故乡的人回到故乡"。每一个时代都有每一个时代的风景，都有每一个时代的看法。心之所至，即为故乡。黄永玉谈及读沈从文的《长河》时的感受"远远传来的雷声，橘柚深处透出的欢笑和灯光，雨中匆促的脚步……"黄永玉在沈从文的墓前刻了一块石碑，上头写着："一个士兵要不战死沙场便是回到故乡"。这种故乡情结，与陈友中的诗歌情绪如出一辙，那些人，那些事，自是难忘。他的诗《观许宗斌老师书房——听蛙楼照感赋》中写道：

梯凳寻书似塔房，脑筋学海亦同长。
瓯潮雁荡古今事，多在许生心里藏。

许宗斌系乐清知名作家，著有《雁荡山笔记》等书，道德文章、谦谦君子，陈友中的"瓯潮雁荡古今事，多在许生心里藏"精妙地抒写了这种怀念情感，风雨如晦，白发说往事。

诗之难，在于举重若轻，以常见的文字表现深刻的思想。陈友中在《务农随感》中写道："烟笼竹木呈醉眼，蛙鼓高低在催眠。心似秋风吹乱草，只将薯蔓随手牵。"意深而语拙，令人回味。诗滑甜，易讨人喜欢，但无回味，流俗必然。"少年听雨歌楼上，红烛昏罗帐。壮年听雨客舟中，江阔云低、断雁叫西风。而今听雨僧庐下，鬓已星星也。悲欢离合总无情，一任阶前、点滴到天明。"读诗、写诗需要心境，也需要时间和阅历。"水之积也不厚，则其负大舟也无力。"（《庄子·逍遥游》）好诗是复杂的统一、矛盾的调和。"心似秋风吹乱草"是"破"，"只将薯蔓随手牵"是"立"。破和立，就是复杂的统一、矛盾的调和。陈友中的务农诗有这种淡然的精神，真是难得，但深究下去，如果友中兄能把诗的意境挖掘得深阔些就更好了。杜甫诗"繁枝容易纷纷落，嫩蕊商量细细开"，此中深意，当值友中兄学习效仿。

友中兄早年有豪情壮志，如他的诗《题大龙湫》："白龙挂前川，壮志存九天。若待春雷震，长空任往还。""长空任往还"不是豪气是什么？他后来办学当教师，看得更透更真更近本色了。如南宋姜夔写的那样："自觉此心无一事，小鱼跳出绿萍中。"这种音节爽朗、境韵独特之诗，不正写出了陈友中的心声？陈友中在《回家经淡溪水库，雨后天晴有感》中写道："雨后春山一色新，林间黄鸟相呼鸣。可怜湖畔负笈客，往返只身与谁征。""雨后春山一色新"，这种清新自然的风格，远比那些繁复雕饰更能打动人心。

我与陈友中兄相识相交20余年，君子之交淡如水，时时牵挂的是文字缘，风雨不改的是这种静穆心，我从他的诗文中能享受到这淡淡的清芬。诗，友中兄还要写下去，唯愿他保持朴素本色，"长桥寂寞春寒夜，只有诗人一舸归"——归来去！

温州皮革界的"这一个"

——评傅建国长篇新著《皮王》

王剑峰

近段时间抽空将傅建国的长篇小说《皮王》翻完，共通读了两次。鉴于里面涉及温州本土的人与事，逼着一口气读下去，应该说，这次的阅读是比较痛快的。第一次快读，是因为皮革业题材和本土故事的吸引。过了一个月，又读了一次，这次阅读，关心人物的悲欢离合，并为小说反映的社会问题意识而由衷点赞。能让人有兴味地阅读，我认为《皮王》是成功的。

前一阵子读过建国的几篇中短篇小说，如《雪花巷房客》《命根儿》《奶奶的村庄》等，个人自传的因素比较多，大都从底层民众的视角落笔，设置故事，注重自然流露的戏剧性冲突，人物立得起来，语言方面也讲究精练。读过之后，觉得"有嚼头"，各个人物比较鲜活，他们的故事给人以生活沉重和命运沉重的嗟叹；当然，也有对未来的迷茫和促人追寻的期盼。而这个长篇《皮王》则是傅建国最新一次的大胆开拓，延用了中短篇的一些成功经验，比如，线索的安排和情节的递进，吸收了个性化的口语，中心人物比较突出等，尤其对于重大社会题材及其问题的开拓，令人惊喜。

结合前几年的温州金融危机和人心迷惘，我在此主要谈这个长篇故事的劫难线索，即所谓"辛卯劫"和他打造的各种人物形象。全书共分五十二章，风光人物旧的不去、新的不来，这是一个时期的人事变迁规律，也是一座城市曾经兴起、辉煌和一度顿挫的某种必然，需要反思。可是，新的开端和目标亦必当痛定思痛，不断输送新的血液和前行的力量，潜伏着、涌动着，预示一个城市曲折发展及人们的命运。小说能从一个个人物的命运及人性的深广度探索这些命题如何发生、发展和交汇，以触摸到他们心理、精神和灵魂中的坚定、迷茫，并负责任地将之告知世人。同时，能够将一个接一个的危机事件很好地梳理，也将一个接一个的事件过程放置在文字中供人剖析，制造艺术结构的操控能力使然。《皮王》如同一部交响乐，同声、复调有机结合，催生出一个个人物审美形象和种种动人旋律，全曲终了，乐音依然缭绕。

故事的时间限定在2011年，正值温州这座城市金融领域危机四伏的年份。在这一劫难年里，人物和故事纷纷涌出，一幕幕地呈现，如同一部节奏紧凑的"连续剧"，也如同作者所说的，是另一种类型的"温州一家人"。欣喜的是，书里通过各类"场景蒙太奇"的方式塑造了不少"皮王"形象，从"涌金皮行"分立到"唯美皮行"独创，从"重庆房产事端"凸显到"东瓯皮革城"并购，从"女鞋秋版皮料"开发到"广州皮革鞋博会"转机，从"与林海鹏竞争"到"与黄乐天合作"，从"夫妻相濡以沫"到"无可奈何分离"，从"父母离异"到"公公过世"，从"前妻隔阂"到"母子欢会"，从"爱情迷雾"到"家庭俗务"，以主要人物刘虹为中心，相关人物纷纷登场：林海鹏，潘老爷子（潘金彪）及潘海波、潘海燕、潘庆来，黄乐天，陆斌，郭岩松，高雷，皮行"销售达人"李云娜，业务员游子杰，律师许哲航，女作家夏冰如，各类人物形成了众星捧月的效果。应该说，几个主要人物的出场脉络是清晰的，线索联系紧密，尤其是女主角"皮王"刘虹的中心地位，贯穿始终。以刘虹为中心人物，从而展现三代温州皮业风云人物的丰富人生和跌宕起伏的事业轨迹，惊心动魄，引人入胜。虽然除了主角刘虹之外，其他人物似乎有抽象化或脸谱化的倾向，但其间精气流展，出场顺理成章，一提一点即可通畅，还是令人回味无穷的。

对刘虹这个人物,作者花了最浓重的笔墨。一出场,就面临爱情、婚姻、家庭和事业的多重考验,借此展开小说的线索和情节。与之相交结的人与事,在顺叙、倒叙、插叙中呈现出作品的容量和内涵,并以正面、侧面和反面多种视角烘托人物复杂而多彩的命运和情感,力求形象立体、层面多样,从而努力做到人物特征时段化,场面场景化随机烘染,使之呼之欲出,触手可及。这个小说人物应该说是在现实生活中发现并经过提炼的。作者长期从事皮革行业,几乎每天都在接触这类真切的现实人物,因而能进行深挖、组合、提升等艺术性处理,可以看出作家的功力。一位评论家评价温籍作家王手的一段话,我觉得用于评价傅建国的《皮王》也是很适合的:小说深入了生活的深水区,触摸到了人性的纵深处,他触及的是人的心理、精神、灵魂的领域,关心的是当代人内心的问题,尤其是对人的不安、焦虑、彷徨、空虚、脆弱有着生动的表现力。小说关注当代温州人内心的问题,其着力之处可见妙笔生花。昆德拉在《小说的艺术》中说:小说存在的理由是要永恒地照亮"生活世界",保护我们不至于坠入"对存在的遗忘"。因此,当傅建国以长篇小说的形式照亮皮革业这一"生活世界"的时候,我们可以肯定地说,他所挖掘和发现的人性是有价值的。

林斤澜先生为新时期温州改革发展事业创作的"矮凳桥小说系列",名闻天下,成为一代文学经典。近几年来,不少温州作家如王手、哲贵等,分别以具有本土特色的《讨债记》与《温州小店生意经》,《施耐德的一日三餐》与《信河街传奇》等创作成果令世人刮目相看。这次傅建国以自己从事多年的皮革业为题材入手,初入长篇创作门径,就弄出了不凡的声响。与其说《皮王》是温州本土作家第一部正面反映皮革业的创业史,还不如说是反映温州及温州人从"前温州模式"向"后温州模式"转型这一阵痛期的生动纪录片和多声部咏叹调。

其余毋论,单就"讲好温州故事"这点来说,《皮王》的创作无疑实现了预期目标,傅建国从中短篇向长篇突击的愿望也初步实现了。

我认为，他的写故事、铺场景、塑人物、立结构的水平绝对可以胜任鸿篇巨制。而且，从叙述笔调的协调、紧慢环环相扣和铺陈故事游刃有余的潜质来看，其长篇作品的创作后劲犹且充裕亦犹且茂盛。

当然，这是一次长篇作品的初练，就语言的个性化、叙述方式的新颖性和问题意识的深刻度来说，均还需要继续磨砺和提升。尤其在驾驭广泛社会生活的某些方面有点儿力不从心，一些细节捕捉方面不够奇妙精彩，人物安排难免喧宾夺主，给人些许混乱之感；语言锤炼方面也流于随意，过于平淡。这些应是作者着力克服的。

著名作家莫言曾在《写作就是回故乡》中写道："地球上有鸟儿飞不到的地方，但没有温州人到不了的地方；世界上有许多艰苦的工作，但似乎没有温州人干不了的工作。能吃苦、能耐劳、敢想敢闯、永远不满足现状、充满了幻想力和冒险精神，这就是温州人的性格。"这是对温州人很好的评价。傅建国的创作正努力地反映温州人的这一性格，阐释改革开放以来"温州奇迹"的基因，由此我更觉得长篇小说《皮王》的创作是颇为成功的。

读林新荣诗集《光阴越来越旧》

庄伟杰 等

一路走来的"70后"诗人林新荣,有明确的诗学追求,并试图构建属于自己的诗性世界。对于时间和地域风情的书写,似是他最感兴趣也最擅长的两个主要维度。

一方面,他是一个对时间敏感的诗人,无论是在"与时光喝茶"中体味"时间在这时候慢下来",还是感悟到"光阴越来越旧",皆是诗人对于时间的思考和咏叹而生发的声音,从中能窥见诗人看待宇宙人生的特殊视角和写作姿态。那些经由诗人心灵激活而呈现的命运意识和哲思追寻,把心灵的审美引向悠远之处。另一方面,作为一个始终亲近生活和众生的诗者,他倾心于自己生长的福地——瑞安,从不同侧面吟诵乡间、民俗、烟火里的人事风物,在坚守和探索中,让人直接领略到原本状态的生存境遇和自然生命,从而领悟到生命与事物的内在关联及爱恨冷暖,以及心灵深处的慈善情怀。

总体来说,林新荣在写作诗歌上走的是极简主义路线,呈线条式,清晰、简朴、自然,常常在不动声色中自如舒展,基调平缓而恬然,笔触轻盈而温润。所有这些,共同构筑为林新荣诗歌之美,且日渐显示出独具特色的气质,张扬在我们目光所及的天地怀抱,如一束祥光,在烛照我们的同时,展现出诗人精神视野的开阔和内在涵养的深厚。

复旦大学博士后庄伟杰

林新荣的诗歌源自有感而发的写作，但这并非代表他要规避现代性或走向现代诗的反面。其实，他这种"为人生"的写作，不是单纯对古典浪漫主义的重返，而是真正遵从了内心对诗歌认知的至高律令。他抒写了时间、记忆、孤独与亲情，这些最为日常的经验，在抒情的转化中获得了一种至情至性的真义，甚至不乏某种打开精神封闭之门的道义感。他的诗集《光阴越来越旧》是敏锐洞察生活的结晶。通过经验的缓慢释放，诗人力图完成和周遭世界的对话，他在凝聚爱的力量中隐藏了微妙的情感律动，在字里行间体现了因时空之变带来的异质性诗意。诗人下笔即从现实出发，这近乎惯性的文学方式，仍然是基于对日常生活和人情世故的真切领悟。林新荣这些年并不为某种绝对理念而写作，他那种直白其心的感慨，直抒胸臆的告白，都是在终极意义上靠近"诗与思"的真相。这种立足于真情实感的书写，既彰显出了诗性的伦理，也有作为诗本身的自足性。如果以这样一种视角来审视林新荣的诗歌，我们会发现他的写作呈现出了更强的生产性和活力感，相比于凌空蹈虚的文字游戏，它们会显得更富恒久之美，也更具现实性和力量感。

北师大博士后、三峡大学文学与传媒学院刘波教授

林新荣的诗是一支深情的光阴之歌。他仿佛在为已逝岁月的事物重新命名，风箱的声音、童年的钟表匠、父母的墓地、石磨、弹棉匠、黄林古村……是他个人心灵的传记，也是对生活的珍重和颂祝。"在高远的天空下 / 父亲一下下地劈着"，诗中晃动的劈柴父亲的身影，让生活直起了腰身。一切都已远去，一切又在眼前。凝神，倾听，我们谁曾不是《木壳收音机》中那个"想找出声音的源头"的孩子呢？一首首短诗连缀成一支人生之歌，拂去时空的尘埃，呈现尘世恩典下万物自带的光芒和神性。

著名诗人、鲁迅文学奖获得者曹宇翔

尘世由无数灰尘般的庸常事物构成，诗性因此被禁锢、被遮蔽。新荣这本诗集中的诗，抒写的对象，几乎都是这样的庸常事物（这一点，即使是从诗的题目也可发现），但随着他每次揭开与深入，诗性的"亮光／由外及里／从手上渗透到意识，到心灵／群山伏下身体"（《一条手串》）。做到这一点，凭借的是哲学精神对物质世界的超越——从物质世界中发现并创造了另一个世界，从而使最终存身于另一个世界的这种超越产生了美学意味，即诗意。

这是诗之正道，也是诗乃至整个文学艺术通向巅峰的唯一之途。察之于中外公认的新诗之诗人及其作品，莫不如此。

由此可以说，新荣已深得诗之三昧。

此外，新荣的诗显示出运斤成风的功力。这表现在他的诗的从容上：无论因深入灵魂与现实而带来何种程度的震撼，诗的"表情"仍然是泰山崩于前而面不改色那样的从容。

因此，读新荣这类诗，需要灵魂的共振。能如此，便能发现：新荣诗中流动的光阴虽然越来越旧，却又是最新的，新如当初，并且能把时间校正。

著名诗人、评论家沈天鸿

诗人大多活在旧时光里，这从新荣的这本诗集中就可以得到证明。因为至少有一半的诗篇，是直接在写越来越旧的光阴。也许明天和未来一类的词，是不可以叫作光阴的，至少在诗歌中是不行的，因为光阴是一件衣服也是一块抹布，它一定要被我们使用过，那才叫光阴。

我喜欢《钟表匠》这一类的诗，我记得也有其他诗人写过这一题材。有的时候一看这题目，就知道是一首好诗。写一首好诗并不难，难的是一个时期内写出一批，我以为这本诗集中就有这样一批，这看得出新荣正在悄悄地发力。但这个力又很难发，因为这一类旧光阴的诗，比的不是主题，它要展现的是诗艺，是从容不迫，就像把纽扣一颗一颗地解开，这个过程太难掌控了。不能光拼技术，但如果没有技术又会流于直白，从这一点上来说，新荣也任重而道远，如果把这个"任"看得更诗意一些，那反而也是轻松的。

浙江省作协诗创委主任孙昌建

林新荣的诗，始终保持抒情风格，有着寂静的品质和言有尽时意无穷之东方美。既有古典之韵味，又保持了对现实生活和个人体验的抒写。他的诗，坦率、真诚，文约语精，平易畅达，有光亮、有温度。语言自然，意象多取生活物象，拈来成趣，不拥不滞，直抵生活的哲学。他的作品，既有切肤的内省，又有对生活细腻的观察与描绘，呈现出现代人的自省和对大自然热爱的纹理。他能从琐碎的生活细节里，呈现出不同寻常的诗性，对生活、生命与爱有着通透的理解和感受，写出了生活情趣，也呈现了自己的生活态度。尤其献给父母的诗，真切、温暖、悲伤。他借助于质感的细节，来处理其丰富的心灵经验，加深了我们对生命和对时间的理解。

中国作家协会会员、著名诗人玉上烟

作为乡村诗人的林新荣，对生活的认知、透视和反观，有着深厚的功力。他笔下的乡村，不同于基于农耕意义的象征，而多是深情土地上的异样气息，令人想起隐士、马帮，甚至隐匿山林的人杰："悬崖深如眸子／它透着孤独／在前方若隐若现／顶上悬着的一棵老树／聚拢着一朵小白云／山道上嗒嗒的／马队，撑着金色的霞光／风擦肩而过／空无擦肩而过／——幽微沉淀在峡谷间"（《草莽》）。我几乎把他的这首诗与他的生活地域做对等关系的比较，但每次阅读，都有非同一般的感触，会凭空生出许多想象来。

他的更多诗作体现出了"心灵捕手"的特质。显然，作为心灵诗人的林新荣，他的诗，时时处处散发出动人的光辉："我们在晃悠的摇椅上喝茶／一个美人从水波中钻出／头上缀满鲜花／每一朵都有一个名字／你一会儿哭，一会儿笑／行走在静静的院落里／院门一关／你就是一个孤独的王"（《写给一所民宿》）。这首诗，与其说是写给民宿的，还不如说是写给自己的，写给在江河大潮中为了理想的心境而一退再退的然诺者（践行者）的。《一条手串》如此："人是虚弱的／他凝视着，抚摩着／星光下，卑微而从容"；《登临》如此："我张开的双手／握住整条的林壑／这突然的静寂，没有光／没有方向，却那么明亮／是素静的空间"；《一个杯子》更是如此："很久以前／我就看见你／在洗一个杯子／洗了又洗——透明、纯粹、光洁／你拿着／洗了又洗"。

当然，我更喜欢他抒写亲情的那些作品。作为人之子的林新荣，他的诗，显然就是献给父母的沉郁顿挫的歌。

中国作家协会会员、第三届"甘肃诗歌八骏"获奖者扎西才让

口语的超标模式

——简评慕白的《麦麦酒》

壬 阁

初读慕白的诗，读者最直接的感受一定是这是口语诗吗？我不想去回答这个问题，我要跟大家分享的是，他的口语化语言肯定不同于我们平时读的那些大量的被冠以"口语诗"之名，实则为"口水歌"的所谓诗歌。运用口语写作是当前诗歌创作的方式之一，但难度很大。这不是将大白话说出来就行了，其实质是打着语言还原、贴近生活的旗帜，去开辟诗意的战场，这远比学院派那种运用有张力美的语言来阐释诗意要难得多，一不小心就很可能写成了分行的说明文或散文。

慕白是聪慧的，他懂得怎么去筛选语言、筛选细节。"陆布衣说此酒是妈妈的味道"，一下子就将读者引入一个主题，也设下一个悬念："妈妈的味道"是什么？著名作家陆春祥和慕白在出席龙湾"壹玖文学沙龙"活动期间交谈的话题不少，慕白却唯独将这句话提炼出来，一定是这句话打动了他，触发了他心底最柔软的神经。

慕白对他"老娘"有着很深沉的情感寄托，在他的不少诗中可以感受得到。他曾在《我出生在一个叫"包山底"的地方》中说过"老娘"的地位："我搀着她，做她手中的拐杖／成为她凋谢的身体里，那发芽的骨头"；时隔多年，他写道："包山底已不是家／家跟你走了……老娘啊，我真想痛哭一场／可眼里却再无一滴泪水。"对于慕白来说，妈妈比什么都重要，所以他在《麦麦酒》这首诗中的各种貌似"夸张"

的写法就变得合乎逻辑了。

"赞美的诗只能写八行",不管是不是正确,是不是有依据,若太多就会走向虚假和肉麻,慕白选择八行是节制的,也是高难度的,用八行把赞美的诗写得明白、写得充分是不容易做到的,而事实上他做到了。

蓝天白云、碧水青山,这样的自然美是人类的共同追求;糯米和红曲是诗人们借以抒怀的最爱;岁月更替中,成长的代价或收获,都值得纪念;但与妈妈的分量相比,那些都不堪一提,所以慕白将最后一行留给了最值得赞美的"妈妈"。

如果到此结束,"妈妈的味道"还是没说清楚。正因为有了上述的种种铺垫,交代了妈妈无可替代的重要性,才让下面这句"没有您,米是米,水是水"成了点睛之笔,主题呼之欲出,却又留下许多联想的空间,一个勤劳朴素的酿酒的"老娘"形象再次浮现在读者眼前。

慕白的语言无疑有些散文化,却有别于散文。美国诗人罗伯特·弗罗斯特指出:"诗歌是散文言所未尽之处……用散文解释以后,尚需进一步解释的,则要由诗歌来完成。"

何种诗才是一首好的诗?我个人的理解是,不能只看语言的书面化或口语化,这只是诗歌的表现形式而已。无论追求语言的张力美、弹性美,还是追求语言的生活化、散文化,诗歌的表达本质仍是通过超标的语言模式、超大的文本容量,让读者获得超速的力量体验和超脱的境界感受。在慕白的这首诗中,我们就能找到这样的语言体验和情感刺激。

附作品：

麦麦酒

陆布衣说此酒是妈妈的味道
赞美的诗只能写八行
我把一行写给蓝天白云
一行写给碧水青山
一行写给糯米和红曲
一行写给岁月
最后一行留给妈妈
没有您，米是米，水是水

诗性与温情

——读胡兆铮校园小说散文集《跑道》

戴柏葱

温州著名作家胡兆铮先生出版的书籍《跑道》，虽是小说与散文的合集，但仍然延续了他在两本小说集《从第十七个白琴键》和《鸳梦淡淡》中一贯的语言风格，依然是那么清纯淡雅、自然流畅，让人回味。

胡兆铮先生极为推崇德国作家保尔·海泽关于中短篇小说创作的"猎鹰理论"，认为他的作品构思精巧，情节变化多端，富有浪漫色彩和戏剧性，几乎每篇都有独到之处——"猎鹰"。

胡兆铮先生是保尔·海泽"猎鹰理论"最好的践行者，他的文学作品，无论是语言风格、创作结构，还是美学意境，都有独特之处。

《跑道》一书中的"猎鹰"，不在于他清纯淡雅的语言风格，也不在于他匠心独运的谋篇布局，而在于字里行间那丰韵的校园诗性和浓郁的人性温情。

北京大学陈平原教授的专著《六说文学教育》中，第一说就是"校园里的诗性"。虽说陈平原教授所说的校园是以北京大学为中心的，所谓的"诗性"主要涉及对象是诗歌，但本质上与胡兆铮先生在《跑道》的字里行间里渗透出来的"校园诗性"是一致的！

我所谓的"诗性"，不是狭义的诗性，而是一个具有更加丰富内涵的名词。我把这种"校园里的诗性"，理解为"人情""文化""审美"等内涵。生命往往会在"诗性"中觉醒,这便是"校园诗性"的价值与意义。

《跑道》中的"校园诗性",是小说《暖袋》里深受学生爱戴的宗菡老师那一手漂亮得令人惊叹不已的粉笔字,简直就是一幅幅书法艺术品,以至于值日生迟迟舍不得擦去。

《跑道》中的"校园诗性",是小说《未画完的辅助线》里"刑满释放分子"没画完的那一条满是人生道理的"辅助线",后来同样成为数学老师的"我",把它看成了一连串的泪珠。

《跑道》中的"校园诗性",是小说《杜鹃啼血唤春归》里最喜欢杜鹃花的余老师错把学生刘大虎粘在教室玻璃上的血痕看成杜鹃花的"眼误",于是窗外的杜鹃花在严寒的冬天里"开放"了。

校园里的孩子们,往往会在这样的"诗性"中觉醒!

在我们这个过于理性的社会里,读读胡兆铮先生的文字,让它们温暖校园中学生们的心灵,意义非同寻常!

胡兆铮先生的《跑道》里只有六篇小说、四篇散文,大约四万字,与之前的两本小说集一样,都是薄薄的一本。对于厌倦了阅读那些准备"流传百世"的大部头作品的读者来说,这样的书籍毫无阅读压力,阅读起来会轻松许多。

同时,这本书还预设了部分读者群体——中学生,并有意将三篇小说《暖袋》《未画完的辅助线》《银燕飞向蓝天》的写作真实背景,用散文的方式写成《我的"三好老师"》《辅助情深》《"银燕"向高空腾飞》这三篇文章,以供中学生读者比较借鉴,诚意十足。

胡兆铮先生还在六篇小说中插入了由马成芳等人根据小说内容创作的插图,在四篇散文中插入了由他亲自书写的书法条幅,文图相映成趣、相得益彰。

以上三点,其实就是作者对读者的温情,可谓用心至诚!

当然,《跑道》中"人性的温情",充溢在每一篇的文字里,读来让人感动。

在曾被改编并拍摄成电影的小说《跑道》中，罗老师用自己的爱心和耐心，把迷失自我、对未来失去信心的长跑冠军丰猛龙同学，拉回人生的"跑道"，谱写了一曲动人的教育之歌。

在小说《暖袋》里，胸前挂着"牛鬼蛇神"的牌子，用冻得像胡萝卜似的手指艰难地拿着扫帚扫地的宗菡老师，还不忘提醒自己的学生："雪下得这么大，你怎么连手套也不戴！冻坏了手指可不是好玩的！"

在小说《杜鹃啼血唤春归》里，真诚的数学老师余镇远，用自己的专业，在那个风雨飘摇、师道难复的年代里，为教师赢得了尊严，也唤醒了"猛虎班"里的孩子们。

在胡兆铮先生的《跑道》里，一个个动人的师生故事，都是那么纯粹无瑕，那么美丽动人，充满人性的温情。我就这样一次又一次地被这些文字打动，久久无法平静。

从13岁在报刊上用笔名"先春"发表作品开始，一直到现在，胡兆铮先生笔耕不辍，创作和发表的作品不计其数，但最终只为《跑道》选了和校园相关的六篇小说、四篇散文，它们一定代表了作者的某种诚意。

赫尔曼·黑塞说："对每个人而言，真正的职责只有一个：找到自我。然后在心中坚守其一生，全心全意，永不停息。"

胡兆铮先生坚守创作初心，用最诗性的语言、最诚挚的温情，在《跑道》中为我们营造了一个美妙的文字世界，让我们坚信：校园不能没有诗性，尘世始终有温情！

施立松散文：岛屿写作的一种面目

刘 军

曾提出"种族、时代、环境"三要素论的伊波利特·丹纳，对希腊半岛情有独钟。在他看来，希腊文化的强盛与其自然环境密切相关，半岛及岛屿的地理环境，阳光、海风、植物、地形地貌等，决定了希腊人封闭又开放的性格。就感性形式形成的经验层面来说，岛屿上往往没有什么特别巨大的山体与河流，也没有广阔无垠的森林、平原，一切的一切皆大小适中，人与环境相得益彰，容易为感官所接受，这一切必然有助于培养出善感的心灵。丹纳从感性的培育角度出发谈论半岛文化，颇有新意。而岛屿比之半岛又进了一步，岛屿构成了一种独立的地理区间，在语言、习俗、饮食、文化仪式等方面，形成了独立于大陆之外的一个子系统。它被海洋包围，却又衔接大陆，它是大陆架的组成部分，却又直面深渊和巨浪。

打开世界文学地图，如果"岛屿文学"这一命题能够成立且自洽的话，那么，英国文学和日本文学名列前茅。这两个国家的文学在岛屿意识的表达上尽管小径分岔，但那种孤悬海上的生存感受在各自的文学传统里不断被锤打。比如，源远流长的"荒岛生存"主题就是由英国文学所奠定的，从18世纪的《鲁滨逊漂流记》到20世纪的《蝇王》，"荒岛"意识不断被强化，形成路标式的文学符号。在现代国际关系框架内，有陆权国家和海权国家的分野。对于代表性的海权国家来说，相关海洋、岛屿的文学表达，一般来说会占有较大的权重且独立成章。中国尽管拥有1.8万多千米的大陆海岸线，也有众多的近岸岛屿，但对于这些岛屿上的作家而言,他们的文学写作尽管会触及岛上风物、海洋捕捞、海怪传说及近海信仰等,但在主题和美学表达上,终归属于大陆系统,或者说是大陆意识的延伸。这一点,在港台文学中可以找到大量的实证。

就散文而言,我知道有三位作者与岛屿、半岛有关:胶东半岛的盛文强(2012年曾出版《半岛手记》),洞头岛的施立松,海南岛的莫晓鸣。以上三位中拥有较为清晰的岛屿意识的是身处胶东半岛的盛文强。

《纸上的故乡》是施立松于2020年出版的散文集,作为土生土长的洞头人,这部纪实风格的散文集相较奇幻、冒险的海上列传相去甚远。在审美机制上,她的散文作品依然处在故土加亲情的生长机制之下,也再次验证了大陆系统强大的吸附功能。另外,作为1970年前后出生的人,其叙事主体主要停留在20世纪70年代后期和80年代,这也是由散文的经验性写作特性所决定的。童年和少年生活遗留下来的深刻印痕,是记忆性写作的丰茂区域,也构成了众多散文作家写作上的水源地。这部散文集共分为四个小辑,分别为"村庄记""海故事""风物志""岁时书"。"村庄记"小辑里收录的文章数量最多,大多以重访的行走方式,使用今昔对比的手法来揭示乡村的空心化或自然村落的消亡过程,其中隐含的主题恰恰照应了"每个人的故乡都在凋零"这一时代性命题。实际上从2010年后,"故乡凋零"的主题性开掘就已经成为风潮,到2015年以《一位博士生的返乡笔记:近年情更怯,春节回家看什么》的非虚构写作作为标志,达到高点。直到近几年,这一主题方有所回落。故乡凋零与加速的城市化进程紧紧相贴,也构成了21世纪之后乡土散文的母题之一。与江少宾、江子、傅菲等作家相比,施立松的同类型作品在深度和叙事容量上尚有不足。作为一位女性作家,浅斟低唱的行吟风格限制了文字的纵深感。

当作家回到自己特别熟悉的领域,处理独属于她的生活经验之际,文字的重量就会渐渐显露出来，这些文字主要集中在"海故事"一辑中。在这一辑中，作家的笔触贴近生活的原色，贴近生存的现实喘息，以实录的形式回到记忆现场。对于深居内陆的读者而言，但凡有过相似的时代记忆，就会在内心深处激发起震荡的雨滴。这一辑中的《桥故事》《水故事》《柴故事》《台风过境》分别对应了出行、饮水、取火、安居的日常生活，这些微小的细节里，既有我们所熟悉的过程，也有我们所陌生的内容。比如，《水故事》中缺水的现实，就是人们所熟悉的，即使人畜不缺饮用水，记忆中也一定会有庄稼缺水的事例，而这篇作品叙述的讨水和守水的细节，对于我们来说，则相当陌生。恰恰是被汹涌海水包围的小型岛屿，缺水的程度往往会达到严酷的地步。在交通不发达的"前现代"，唯有一瓢之饮的话，弱水三千则不可能存在。《台风过境》则以跨度叙事的方式，连缀起作家多次的台风记忆，童年时的无助和年龄不大的哥哥的"台柱"作用，在记忆中最早的一次台风中加以定型。台风是岛屿生活的常客，它塑造了岛屿石厝的居住形式，也塑造了岛屿居民在风雨中讨生活的勇气。这个作品中最惊心动魄的细节在于作家的一次码头经历，作为医生随担架前往码头，眼睁睁地看着产妇在目之所及的地方发出惨厉的哀号，死亡瞬间发生，以幕布的形式席卷了所有在场之人。这样的场景，我们即使在梦中重现，醒来时也会大汗淋漓。《摸叶子》也是这一辑中的作品，这篇散文常为朋友所提及，多年前我曾经翻阅过，如今再读，"哥哥"那以命搏生活的面孔亦如影历历。

　　马尔克斯曾经说过，真实永远是文学的最佳模式。作家在"风物志"和"岁时书"中尽管也真实地书写了地方性的风俗、食物、安居的内容，但这些尚属于外围的真实。而在"海故事"中，那些带着瘢痕、张开毛孔的真实细节，则属于内在的有质感的真实。细节足以动人，这一点，小说和散文异曲而同工。

XI YUN
◎ 戏韵

徐朔方的昆曲情结

——纪念徐朔方先生仙逝 14 周年

徐宏图

已故著名戏曲研究家徐朔方先生 8 岁接触昆曲。1931 年春夏之交，徐先生于家乡浙江东阳县[①]南乡外曾祖母的丧葬仪式上，观看了道士班演出的目连戏《破地狱》，其中《破狱救母》一场戏"从紫金山来到九华山拜见观音，神灯照得千里路，锡杖破开地狱门"一段曲词即唱金华昆曲。按当地风俗，高功道士扮演目连破狱救母，长子必须拈香紧随高功跪拜。徐先生年幼好奇，也尾随其后，不经意间当了一回演员。当晚还观看了本村"玉麒麟"班演出昆剧《金棋盘》，演唐薛仁贵、薛丁山父子平辽，樊梨花用金棋盘收了杨藩的金棋子，破了白虎关，与薛丁山完婚。

此后，徐先生对戏曲产生了浓厚的兴趣，凡东阳县城里演戏很少不看，尤其是昆剧。其时金华一带盛行昆曲，著名的昆班包括："何金玉班"，创办人是东阳附近义乌县[②]的何文灿，该班实力雄厚，能演 36 本大戏及 100 多个折子戏；"徐春聚班"，创办人是东阳附近浦江县的徐朝训，能演 20 多本大戏与七八十本折子戏；"叶联玉草昆班"，创办人是龙游县溪口镇的叶有福，能演 30 多本大戏及 100 多本折子戏。此外，尚有东阳三合班（高、昆、乱）及"二合半"（昆、乱、徽），如"周春聚""大鸿福"等班亦颇著名。据徐先生回忆，这些班社经

[①] 1988 年，东阳撤县设市。
[②] 1988 年，义务撤县设市。

常来东阳县城里演出,常演剧目有:《九曲珠》《取金刀》《双狮图》《摇钱树》《金棋盘》《摘桂记》《牡丹亭》;《琵琶记》"大骗""小骗";《长生殿》"定情赐盒""密誓""惊变";《南柯梦》"花报""瑶台";《孽海记》"思凡";《一文钱》"济贫";《翡翠园》"翠娘盗令";《东窗事犯》"扫秦";等等。其中最吸引徐先生的剧目是"思凡",百看不厌。据他自己说,其中的曲子他至少哼过几百遍。

1940年,徐先生考上浙江省立临时联合师范学校,到1943年毕业。学校地址在浙南山区,很少能看到戏曲演出,要想看到昆剧就更难了。不料,竟在那里遇到了一位能唱昆曲的音乐老师顾西林女士,徐先生喜出望外,即刻作揖拜师,如饥似渴随顾老师学习用工尺谱演唱昆曲。昆曲需有笛子伴奏,不能边吹边唱,于是在顾老师的指导下又学会了弹钢琴,边弹边唱。徐先生经常哼的《牡丹亭》"游园"中的"步步娇·袅晴丝吹来闲庭院"及《牡丹亭》"寻梦"中的"懒画眉·最撩人春色是今年"就是那时学会的。

1943年秋,徐先生考取浙江大学龙泉分校师范学院中文系,一时间亦看不到昆剧,却对昆剧名著《牡丹亭》产生了极大的兴趣。他面对老师照本宣科的乏味教学,产生了与杜丽娘同样的感受,"依注解书,学生自会",便从中文系转至英国语言文学系。他在研究莎士比亚的同时钻研汤显祖"临川四梦",为后来撰写莎士比亚与汤显祖比较的论文做准备。

1947年,徐先生从浙江大学毕业,受聘于浙江省立温州中学任教。温州是南戏故乡,向来盛行昆曲,著名的昆班有"老锦秀""同福""新同福""品玉""新品玉"等。因受抗战影响,这些班社大都衰落,唯"巨轮"昆班仍然常年演出于温州城乡。徐先生看的昆剧大多是该班演出的,有杨永棠主演的《绣襦记》、杨银友主演的《荆钗记》、章兴姆主演的《琵琶记》等。此外,经夏承焘先生介绍,徐先生还经常到昆曲爱好者徐玄长家里唱曲。徐玄长为乐清县旧家子弟,时年已50岁,在家里却仍称少爷,书画金石,丝竹吹弹,无所不会。玄长吹笛,徐先生唱贴旦,常至深夜乃罢。

1949年温州解放，徐先生调至浙江省立温州师范学校，校址在平阳。平阳也是戏窝子，素有"平阳出戏子"之说，旧时"温昆"的著名演员大多出自平阳县，如"蒲门生"叶良金，为"同福"昆班的创始人之一，擅演生角；杨盛桃，也是"同福"昆班的创始人之一，以丑角著称；高玉卿，先后进"如意""品玉""同福"等昆班，被称作浙南"旦角泰斗"。此外尚有杨永棠、章兴姆等。著名的昆班有"新同福""一品春"等，后合并组成温州巨轮昆剧团。该团经常演出于平阳城关一带，其间亦少不了徐先生的光顾，观看的剧目有《牡丹亭》"劝农""花判"；《南西厢》"游寺""下书""佳期"等。

1954年春，徐先生调至浙江师范学院（现浙江大学）中文系任教。从此，他正式投入戏曲与小说研究，特别关注昆曲，先后发表出版《汤显祖年谱》《〈牡丹亭〉校注》《〈长生殿〉校注》《汤显祖评传》《论汤显祖及其他》《晚明曲家年谱》《汤显祖全集》《明代文学史》等有关昆曲的论著20多种。于繁忙的教学与研究之余，徐先生仍不忘观看昆剧。凡有昆班来杭演出，不管邀不邀请他看戏，剧场里总有他的身影。有时，观后还发表意见或撰文评论。如1956年春，在杭州胜利剧院观看俞振飞夫人黄蔓耘女士演出的《思凡》之后，就写有《论〈思凡〉》一文，后来发表于《复兴剧艺学刊》。文章先是称颂黄女士高超的演技："1956年黄蔓耘女士随同她的丈夫俞振飞先生的昆剧团来杭州公演。一天晚上有她的上演节目《思凡》。《思凡》是昆腔保留剧目中唱腔、曲文和剧情三者珠联璧合、唱作俱佳的优秀剧目。我从小喜爱这个折子戏，至少哼几百遍。当黄女士手执拂尘飘然出场时，不觉得心头一怔：世界上哪有这样'富态'的小尼姑？不料她一启齿，一切都改变了。视听感觉全部用来欣赏还嫌不够，哪有闲工夫去计较这些。艺术的魅力真是不可思议。"接着，探讨《思凡》的渊源，指出《思凡》非如学术界有人所说的来自明冯惟敏的《僧尼共犯》，而是来自民间南戏《尼姑下山》，《风月锦囊》的《尼姑下山》与《群音类选》的《小尼姑》可为其作证。更具体的说法是"民间戏曲梆子腔的《思凡》成为昆腔的保留节目",因为"吹腔是梆子腔中分化出来的一个分支,它以水磨调的唱法演唱就与昆曲很少有差别"。徐先生的论据既充分又确凿。最后,还把韩世昌演出的北昆《思凡》与黄蔓耘演出的南昆《思凡》做了比较,对黄女士把《缀白裘》本在说白"嚇,不免到回廊下闲步一回,少遣闷怀则个(下)"后一段删去不演,进行了高度的评价,说:"这一删可说是一字千金,使原剧反礼教的主题得到正确无误的表达。这是昆腔演出的一大改进。"

徐先生最喜欢看的还是昆剧"传"字辈老艺人及其弟子们的戏,如周传瑛、王传淞等主演的《十五贯》;倪传钺、周传铮等主演的《劝农》;周传瑛、张娴等主演的《长生殿》;汪世瑜、沈世华等主演的《西园记》《玉簪记》;汪世瑜、王奉梅等主演的《牡丹亭》《长生殿》等。由于徐先生喜唱旦角,晚年特别爱看王奉梅的戏,除《牡丹亭》《长生殿》,其他如《琴挑》《断桥》《芦林》《题曲》《折柳阳关》等折子也都看了。

2001年8月24日中国汤显祖研究会首届年会在遂昌召开,徐先生还特邀王奉梅参加。是年冬,王奉梅在杭州主演《长生殿》,邀请徐先生观看。徐先生身体欠佳,行动已极不方便,大家劝他别去了,可他坚持要去,结果由我与他的助手孙秋克女士陪同观看。他一听到笛声即精神抖擞,毫无倦意,直至终场。观后还对我说:"《长生殿》全本已长久不演了,机会难得。"我提到王奉梅的演技,他高兴地说:"王奉梅与上昆的华文漪不一样,她越演越好,至杨贵妃才真正成熟。"

徐先生对昆曲有很深的研究,这里无法展开,只介绍他提出的几个崭新而又言之有据的观点:第一,他不同意以昆腔兴盛作为南戏与传奇的界限。他认为南戏与传奇的区分并不取决于它们的唱腔,而在于南戏是民间戏曲,而传奇是文人创作或改编的,其余不同的属性均由此产生。因此他强调指出:"所有的南戏都没有得到文人的改编,《琵琶记》是唯一的例外。为了表示区别,文人改编的南戏可以称为传奇。"第二,他不同意自明中叶昆腔经魏良辅改进而兴起后,所有的文人传奇都为昆腔而创作。他考证出昆腔从南戏衍化而出并上升为"四大声腔"

之一，其时间要比人们设想的迟得多，直至万历末，海盐、弋阳等腔仍在流行，即便在昆腔的老家苏州，也有它们与昆腔一比高低的能力。因此，所有的南戏与文人传奇都是南方各声腔的通用剧本，昆腔和海盐腔以及别的声腔的区别不在于剧本本身，而在于不同的声腔和舞台艺术。第三，"汤沈之争"是由海盐腔与昆腔的曲律引发的，并非文采派与格律派之争。汤显祖的"四梦"为海盐腔而作，而沈璟等人却以昆腔绳之，以汤氏"生不踏吴门"为旁门左道。徐先生认为这正是沈氏等人"自己囿于见闻，知其一而不知其二"的结果。

笔者自20世纪80年代私淑徐先生以来，无论在人格还是在学术上均受益匪浅。先生学贯中西，才识渊博，高山景行，私所仰慕。遗憾的是，先生于2003年夏天摔成重伤，竟三载沉酣不醒，于2007年2月17日与世长辞，使我永失良师。至今，先生的音容笑貌时常浮现眼前。其中先生与昆曲的终生不解之缘及其种种情结，尤令人难忘。值此仙逝14周年之际，特撰此文以寄哀思。

评新版《中国戏剧简史》

——纪念董每戡先生逝世 40 周年

徐宏图

最近,"大家小书"系列图书入选原国家新闻出版广电总局向全国推荐的中华优秀传统文化普及图书。"大家"指作者,如蔡元培、鲁迅、朱自清、王国维、俞平伯、夏承焘、王季思、董每戡等名家;"小书"指篇幅短小,每部书约 10 万字,开本也较小,有如袖珍本,可揣在衣兜里。本丛书收录董每戡三部著作:《中国戏剧简史》《西洋戏剧简史》《〈三国演义〉试论》。本文介绍的是《中国戏剧简史》。

"壶小乾坤大",董先生的《中国戏剧简史》虽然篇幅短小,但所述历史之悠久、渊源之深广,令人叹服!全书分七章,即《考原(史前时期)》《巫舞(先秦时期)》《百戏(汉魏六朝时期)》《杂剧(唐宋时期)》《剧曲(元明时期)》《花部(清朝时期)》《话剧(民国时期)》。可见这是一部贯穿古今、连接东西、打通戏曲与话剧两大领域的名副其实的中国戏剧通史。

本书在继承王国维《宋元戏曲史》、吴梅《中国戏曲概论》等前人研究成果的同时,又做了进一步的探索,纠正了他们的偏颇与错误,提出了一系列令人振聋发聩、耳目一新的观点。其中最为人称道、贯穿全书的是他将戏剧史与词曲史"切割"开来,重新审视戏剧的特性,提出崭新的"演剧观"。主要有以下三大内涵。

一、"演剧性"比"文学性"更重要

戏剧的"文学性"与"演剧性"两者如能兼顾，当然是最上乘的，如莎士比亚与汤显祖的作品，就是绝好的作品。倘若两者不能兼顾，该如何抉择呢？董每戡做出十分果断的回答："戏剧的书面形式不是为摆在书房中桌子上用的；确是为放在舞台上观众前由演员演出用的，尽管罗马的辛尼加（Seneca）的'书房戏剧'也有它的价值，其价值究竟有限的！进一步讲，戏剧的演剧性较文学性更为重要，到了不能两面兼顾时，宁可抛弃了文学性而取演剧性。这也就是我和其他剧史家不同的看法。"

为了证实"演剧性"的重要性，董每戡还以自身为例：他在幼年时读了元代纪君祥所做的杂剧《赵氏孤儿》，曾被剧中忠臣公孙杵臼救孤的故事感动了，但那感动是有限的，只比读《左传》稍加些激动罢了，乃至看了"和调班"（温州的乱弹班）演出此剧（改名《八义记》），他当时的感动真是到了"无言可以形容的地步"，不但被故事，更被精湛的演技感动了！后来又看了昆腔班和京腔班演出此剧，但比起来，还是"和调班"的演技增加了它的价值，不管别人如何捧京剧名家余叔岩、孟小冬演出的《搜孤救孤》，真正把这戏剧演好的还属温州地方戏"和调班"。可见董先生的"演剧观"是从幼年时开始形成的。

二、"看"比"听"更重要

戏剧是既供人看、又供人听的，到底是"看"重要还是"听"重要，向来有争议。董每戡先生曾明确表示"看"比"听"重要，他说："戏剧，主要是演得好才算好，'看'比'听'是更重要的。表演，就是给眼睛'听'的。我国自有'戏文'以来，南戏故乡至今还叫'看戏'，而不像北京人那样叫'听戏'，因为戏不单是歌唱艺术，而是综合艺术，表演艺术更是它最主要最根本的要素。"可见，董先生这里说"看"比"听"更重要，其实是为强调戏剧的"演"比"唱"更重要，自然具有更深层次的意义。他说，戏剧是一门综合艺术，其表演向来有"四功五法"之说。"四功"指"唱念做打":唱指唱曲,念指念白,做指表演,打指武打。"五法"指"手眼身步法":手指手势,眼指眼神,身指身段,步指台步,法指以上几种技术的规格和方法。可见,唱,仅是其中之一种。即便是唱,也不是单纯在唱,必须配上相应的表演动作,才能达到传神的效果。正因为如此,俄国著名戏剧理论大师斯坦尼斯拉夫斯基才说"表演就是给眼睛'听'的",其意是指:因表演声情并茂,形神兼备,使观者视听合一,在"看"的同时也产生"听"的效果。尤其是《三岔口》《挑滑车》《连升店》之类做工精湛的武戏,往往只能用"肢体语言"供观众的眼睛"听"。

至于北京人不叫"看戏"而叫"听戏",那仅是上层人士或少数自命内行者的一种习惯说法罢了,普通老百姓仍然叫"看戏",进了戏场之后,即全神贯注、目不转睛地盯着台上看戏。较之北京人,温州人从来不叫"听戏",而叫"看戏",正如董先生所说,这是南戏的传统。

三、"神似"比"形似"更重要

关于戏剧表演"形似"与"神似"关系的讨论虽久,但罕见有专文,大多为只言片语,未做深入探讨。董每戡不仅写有《说形似神似》专稿,而且论述精到透彻,层层深入,令人信服!

一是揭题。他先把戏曲表演艺术家塑造角色比作书法家写字、绘画家画画。画得"像"并不难,画得"传神"则不易,前者称"形似",后者称"神似",从"形似"到"神似"则是质的变化与提升,凡是有成就的画家都必然经历这个过程。较之书法家与绘画家,对戏曲表演艺术家的要求更严、更高。人家常说,演人物须惟妙惟肖,其实"惟肖"就是达到了"形似",这还不太难;"惟妙"就须达到"神似",这就难了。

二是正名。何为"形似"与"神似"?董先生说:"所谓'形',仅指外在的形相;'神'则指内在的精神面貌。形相似,易;精神面貌似,难。"接着，举《图画见闻志》中郭子仪为女婿赵纵请两位著名画师画像的故事，以及《鸣凤记》中的马伶演严嵩一角为例，说明戏曲表演"神似"是在"形似"的基础上实现的，"形似"也不可以藐视而至偏废，只有"形神俱肖"才能"臻入神品"。

三是方法。如何才能实现从"形似"进入"神似"的境界呢？关键在于刻苦学习。他说："演员肯定要先在求得'形似'的基础上再深入人的灵魂里头去，慢慢求得'神似'。这就必须苦学苦练，'殚思竭虑'，始能掌握得住它。"

董先生的上述"演剧观"，始终围绕戏剧是活在舞台上的故事这一"本体论"展开，坚持"演剧性"比"文学性"更重要、"看"比"听"更重要、"神似"比"形似"更重要的观点，因而比普通的"演剧观"更加深刻，具有更深远的现实意义。

《中国戏剧简史》收入"大家小书"系列，是一件值得庆贺的事！这是一部至今仍具有启迪后人作用的学术专著。

另一种形式的"演剧"

——略论董每戡的剧本朗诵观

叶琦琪

作为一种语言的艺术,朗诵通过清晰的发音、丰富的语气等表现形式来演绎文本的思想情感。这一诉诸听觉和必要动作的艺术形式,对于文学艺术作品的传播发挥着重要的作用。如新文化运动的"文学革命"时期,诸多学者不约而同地注意到了朗诵或诵读在白话文学的发展中起到的重要作用,朱光潜、黎锦熙、魏建功、沈从文、朱自清等都曾为此撰文讨论。特别是朱自清,他不仅认识到朗诵或诵读对于白话文学的发展起着推动作用,并发现朗诵或诵读对新文学的语言形式提供参考,为新文学语言提供多向选择,且从更深层次出发,他认为朗诵语言的渗透,可丰富日常用语,提高口头表达能力,促进"文学的国语"的成长。尤其是到了抗战时期,诸多诗人、学者和其他艺术家一起,成立诗歌朗诵社团,创作、印发并研讨朗诵诗,翻译、介绍国外的朗诵诗,推介国外诗歌朗诵运动,利用各种群众集会和其他有利场所举办不同规模的诗歌朗诵会,研究诗歌朗诵的理论与实践问题。相比诗歌和散文的朗诵,作为戏剧史家的董每戡则高度重视戏剧的朗诵,并形成了自己别具一格的剧本朗诵观。

董每戡戏剧研究与实践概述

论及中国戏剧研究，陈平原先生曾指出在百年中国戏剧研究史中形成了三种典型路向——剧本的历史考证与文学批评、曲调音律研究和戏剧的舞台表演研究，各有擅长。其中"王国维的文字之美与考证之功，吴梅的声韵之美与体味之深"分别是前两者的代表，而在剧场艺术研究方面，彰显"剧场之美与实践之力"的代表性学者，除了齐如山、周贻白之外，还有一位就是董每戡。

董每戡是中国著名戏剧家、戏曲史研究专家。他出生于南戏故里——温州。源远流长的戏曲文化令这个地方积淀了浓厚的戏曲氛围，也使董每戡于耳濡目染中培养了对戏剧的浓厚兴趣。留学日本后，曾在大学专攻戏剧，对西方戏剧理论别有会心。学成归国后，他曾经加入中国左翼作家联盟和戏剧家联盟。抗战军兴，他又加入国民政府，从事抗战戏剧救亡运动。之后辗转西南，在多所学校担任大学教授，教授和研究戏剧。在戏剧理论方面，他著有《五大名剧论》《〈琵琶记〉简说》《说剧》《〈笠翁曲话〉拔萃论释》等剧论；在戏剧史研究领域，则著有《中国戏剧简史》《西洋戏剧简史》等。除此之外，在戏剧创作和实践方面也颇有成就，曾与友人合办《戏剧战线》；亦曾先后创作《频伽》《C夫人肖像》《饥饿线》《夜》《黑暗中的人》《血液出卖者》《典妻》和抗战时期的《神鹰第一曲》《保卫领空》《空军俘虏》等独幕剧和多幕剧；出任"神鹰剧团"的编导。董每戡可谓是一位集剧本创作、舞台导演和戏剧研究于一身的学者。

董每戡的"演剧"理论

由于长期从事话剧排演工作，又受到西方戏剧理论的影响，舞台经验丰富，董每戡"日后转入戏剧史研究，自然对'表演'及'剧场'

有特殊的感受"。①所以，董每戡的戏剧理论和戏剧史研究，呈现出迥异于王国维、吴梅的新面目。

在董每戡看来，过去的文史家和曲论家都常常忽略戏剧的舞台演出特性，而过多地着眼于"词"与"曲"，抑或依然将戏剧"以案头读物对待"，结果则是自觉或不自觉地在研究上取消了戏剧本身的特质。在董每戡重要的剧论研究成果《五大名剧论》的自序中，他特别指出："我"过去认为、现在还认为"戏曲"主要是"戏"，不只是"曲"。"声律""辞藻"和"思想"都必须予以考究，尤其重要的是人物形象和情节结构所体现的思想性和艺术性，它是必须由演员扮演于舞台之上、观众之前的东西。对于戏剧的舞台演出效果的重视，董每戡在《说剧》一文中表达得更为真切：构成戏剧的东西，"舞"是主要的，"歌"是次要的；过去的曲论家不知道"戏曲"是"戏"，只知道它是"曲"，尽在词曲的声律和辞藻上面兜圈子，兜来兜去，结果取消了"戏"，殊为可惜。

作为剧作家和舞台的导演，他深谙戏剧与文学的区别在于"剧场"。相比作家将所见、所思、所感化为笔端的文字，戏剧剧本则是"戴着镣铐跳舞"，它必须通过演员的表演和舞台的呈现传递给观众。因此，董每戡虽然强调"剧本的文学性和演剧性是应该两者兼而有之"的观点，但从观众欣赏戏剧作品这一角度，他认为，舞台上所"看到"的一切往往比所"听到"的来得更为重要。为此，他还特意引用汉密尔顿的话来证明这一观点，"戏剧是一个特意编来由演员在舞台上、观众前表演的故事"。所以，他特别看重戏剧舞台的表演，提出了"演剧"理论。在他最重要的戏剧史研究著作《中国戏剧简史》的前言中，他集中表达了对戏剧表演这一特性的思考：对于元明两代作家的时地，剧曲的文章、故事、版本等都详述过了，用不着"我"再来啰唆，于

---

① 陈平原.中国戏剧研究的三种路向[J].中山大学学报（社会科学版），2010（3）：20.

是也就换个方向，说些和演剧有关的事。在董每戡看来，戏剧作为综合艺术，"文学性"与"演剧性"是其天然的两翼。他在文中援引美国学者韩德的观点为证，指出：所谓戏剧的（文学性）和演剧的（演剧性）这两个名称之间，确有一种正当的差别，前者指诗歌的内在品性，后者指是否适于上演。最理想的状态是戏剧文学性与表演性兼备，而现实中则往往是难以双全。待有所取舍时，董每戡的态度是明确的：戏剧的书面形式不是为摆在书房中桌子上用的；而是为放在舞台上观众前由演员演出的。尽管他不否认戏剧作为案头读物的文本性价值，但终究是要打折扣的。相比较之下，戏剧的演剧性较文学性更为重要，到了不能两面兼顾时，宁可抛弃文学性而取演剧性。这也是他迥异于诸多戏剧研究者之处。在他看来，戏剧的核心在于演剧性，这也是区别于其他文学作品的关键。也正是在这样的观念之下，落实到戏剧创作和实践中，董每戡高度强调戏剧的舞台"表演性"。

董每戡的剧本朗诵观

在一个理想状态下，戏剧作为文学或艺术形式，应该实现文学性与表演性两者相互增辉。然而，现实中，相比剧本作为"文学性"的"案头阅读"，如陈平原所指出的"不受时空限制，字斟句酌，体味更为真切，视野更为开阔，也自有其好处"，"演剧性"的舞台表演则常受制于舞台、观众等诸多因素，变得极为不便。戏剧是语言的艺术，戏剧朗诵的有声语言是富有生命力的，让有限的小舞台冲破了本来戏剧舞台的局限。在此情况下，剧本朗诵则可以极大地解决困境，成为另一种"演剧性"的替代。这也形成了董每戡独具一格的基于"演剧"的"剧本朗诵观"。

在《脚本的朗诵》中，董每戡集中表达了自己对戏剧剧本朗诵的看法。在文章的一开头，他就强调朗诵的重要性，特别是在诗歌这一体裁上：作诗须朗诵，用字遣词可以由朗诵而得到推敲，并不只限于现在流行的所谓的朗诵诗。凡是诗都是一样，作诗的人最喜欢吟，说得俗一点就是喜欢哼，越哼越领会到该诗在用字遣词上、音韵节奏上的好和坏。因此，朗诵或者哼，有助于诗人在创作中通过词语使用和节奏使诗质提升。而朗诵落实到戏剧上，"诗和剧是血统相近"，所以剧本的朗诵同样重要，"因此作剧和作诗差不多，作剧者作剧时脑子里须有一个舞台，把他所幻想的人物、境地、故事全搬到脑子的舞台之上，从左到右，自前至后，一举一动，显现在意识的舞台上活动，后才由笔墨写在纸上，但这以外，重要的还是和诗人哼诗一样地朗诵，出于自己的嘴，入于自己的耳，在这里面有推敲的余地"。事实上，作为一门表演规模极小但发挥空间极大的艺术，正如有研究者所提出的，朗诵"与其他类型的艺术形式相同，朗诵对于思想融合、感情投入、艺术底蕴三个方面有着综合提升的作用"。正是在此意义上，董每戡特别指出朗诵对于剧本也极为重要。"朗诵，在于作剧者是必要的，至少，作剧者在朗诵时可以感觉到全剧的情绪发展的阶层是否合适，置于用字遣词和故事结构的推敲功夫也可由朗诵得。"他还将剧本的朗诵视作中国话剧的进步：朗诵剧曲的脚本在过去的中国不曾有过，近几年来听说有些剧团每逢在决定脚本上演时也举行朗诵，这确是中国话剧进步的证据。从中可以看出他对朗诵重要性的认识。

除此之外，在董每戡看来，朗诵有助于提升戏剧台词、思想感情的表达。此外，更重要的是，朗诵也是一种舞台表演形式。在文中，董氏再一次强调了剧本的"演剧性"之重要。他指出：一个脚本的上演价值绝不是由阅读而决定的。相比案头"静的"阅读，朗诵则是动态的呈现，"朗诵有部分是动的，虽不一定像说评书及唱文武大鼓似的朗诵。必要的大动作也许附带着，不过，朗诵最重要的是表现音色及词句间的情绪，其感动人之处和上演时是毫无二致的。"他还援引小仲马创作《茶花女》一剧作为例证。《茶花女》小说获得成功后，小仲马曾想把它改为剧本，结果却遭到了大仲马的反对。但小仲马却执意进行了改编，并将自己改编的剧本朗诵给大仲马听，结果大仲马感动至极。对此，董每戡认为，《茶花女》一剧由朗诵而成名。甚至不无夸张地认为"这也是一切剧作成功的捷径"。从中亦可以看出其对朗诵的推崇。

在文章中，董每戡还特别指出了两种让他留下深刻印象的朗诵方法，"据我所见过的有两种，从前在学校研究戏剧时和在剧场见习时所见过的朗诵形式还留在脑子里，尤其是在《朝日新闻》的大礼堂举行'契诃夫创作五十年纪念会'上见到同时实行的两个朗诵法，这虽是十多年以前的事，因为印象太深，至今完全未忘却"。一种是个人单独的朗诵，"和现在我们朗诵剧本一样，站在讲堂上或坐在中间座位上，听的人坐在你的面前或周围，聚精会神地静听，朗诵的人也须带着极必要的动作，重要的是注意声音表情，全剧的情绪的高低起伏，对话的抑扬顿挫，都由声音传达出来，但像说评书那样学男女声学得使人好笑，这是不必要的"。相比必要的动作和靠声音传达的单人朗诵，多人朗诵则更像是剧本的"试演"。"另一种是多数人的朗诵，那有点像演戏，只是粗枝大叶的演罢了，一个剧本中的男女人物都有，有时也有极不可省的道具如桌椅之类，像演戏样的在讲堂上朗诵，我曾见过一次方法朗诵契诃夫的《蠢货》。这种方法可有点像试演，听众以耳兼目，但其效果还是诉诸听觉。"从中可以发现，在董氏看来，朗诵同样是一种表演，只不过不像戏剧舞台表演那么正式。朗诵在戏剧表演中不只是优化台词对白的方法，更是另一种便捷可操作的"演剧"。

老戏新篇精彩纷呈

——《南戏经典故事》后记

刘文起

温州市文化艺术研究院邀请王手、哲贵、郭梅和我等九名温州和杭州的知名小说家、剧作家和戏曲研究专家,将《张协状元》等十部南戏改编为故事或小说,以"南戏经典故事丛书"为名出版。这是继"温州南戏新编系列工程"之后的又一次创举,无疑会对普及和传承南戏、弘扬和发展我国传统文化起到里程碑式的作用。

李渔曾说:"编戏有如缝衣,其初则以完全者剪碎,其后又以剪碎者凑成。剪碎易,凑成难。凑成之工,全在针线紧密。"将南戏改编成故事、小说,除了有写戏那种凑成之难,更有文体转换之难。大家知道,剧本和小说的写作是不一样的。剧本是用文字(动作描写、语言或唱腔)表达一连串的画面。而小说(故事)呢,除了写出画面,更包括抒情的句子、修辞的手法和人物心理活动的描写。也就是说,剧本以对白和唱腔为主,小说(故事)以叙述为主。这中间存在一条难以逾越的鸿沟。要跨越这条鸿沟,完全靠作家的再创作。从改编的十部小说(故事)来看,无论从内容、立意还是形式,九位作家都根据各自的优势进行了不同的发挥,使得十部小说(故事)内容丰富、形式各异。有纯小说式的,有剧本小说式的,真可谓老戏新篇精彩纷呈,是南戏老树上再次绽放的十朵崭新而艳丽的文学奇葩。

其创新性表现在以下三个方面。

一、内容上的创新，以人物为线，在情节上枝繁叶茂

一般来说，对作品的改编有两种观点：一是忠实说，二是创作说。忠实说，是再现原作的精神；创作说，是增加原作里所不具备的内容。根据要求，将南戏改编成小说（故事），要万变不离其宗，人物和故事的发展结局是不能变的，这就需要遵循忠实说。而又要求将几千字（最多上万字）的南戏剧本改编成五万至十万字的长篇小说，那就必须运用创作说，要填补大量原作里所没有的内容。从定稿的十部小说（故事）看，每个作者都是两种观点并用的，即在遵循原著的基础上进行了大胆的创作。比如，每部作品不管怎么写，原作的主题、原作的人物和原作的主要情节，甚至是原作的风格基调都基本上没有变，这是改编本共同坚持的原则。但因作者的经历和创作的手法不同，十个改编本中的创作部分则各尽所长，创作的内容多少及差异幅度，自然是各自不同了。比如，《荒芜而隐秘的小径》一反原剧《小孙屠》的立意，把原本妓女从良后本性不改，仍与情夫私通谋杀亲夫的情节，改为妓女一心从良，但被恶吏多次逼迫，无奈之下才举刀杀人；而丈夫和弟弟都是好人，出事后两人都争相自认杀人罪名，甘愿坐牢、赴死。这种改编就大了，在立意和人物塑造上都脱胎换骨了。又如，我写《张协状元传》是从张协小时候写起的，历经乡试、省试，其中如何勤奋读书，如何考秀才、考举人都写得详尽。这样，在原剧本开幕之前就增加了四万多字的内容，创作的情节也多了。我在《杀狗记·后记》里说："要做好这个命题作文（指南戏改编），必须要大量地填空、充实，加枝添叶、着色添彩，更要有大量的合理臆想、虚构等文学创作。"当然，这些添加与虚构,都是以人物性格为线索的。又如,《洗马桥》的改编者王手只用了原剧本的几根筋,然后填补内容。填补进去的,都是当年温州的市井生活,这样就把人物写活了。王手在《洗马桥·后记》里说:"我写的是《洗马桥》。不过,我不喜欢被框住。老本子坚决不看,郑朝阳的新本我也不看。我也不会用电脑,就叫朋友到网上搜来《洗马桥》的概况,总共有四个。我挑了逻辑性好一点的那个,结合一些汉室的知识,就洋洋洒洒地写起来了。当然漏洞肯定是很多的,我也不管了。"我就想,王手这洋洋洒洒,那都是创作啊。他说肯定有漏洞,但他不管了,可有人管啊。《作家》杂志管了——看中了,当年就发表了。

不管怎样,这些增加的内容有一点是共同的,那就是温州的元素:温州的地名、温州的故事、温州的风俗、温州的人物。比如,我把《杀狗记》的地点选在禾嘉场(永嘉场)、王手把《洗马桥》的民俗活动选在五马街、哲贵把《荒芜而隐秘的小径》定在温州城等。

总之,在这个南戏改小说(故事)工程中,作者对原作除了立主脑、减头绪、去枝蔓、理顺序,还抓住原作中好的故事点,对原作者没能彻底发挥的地方增枝添叶,尽兴发挥、合理想象,以人物为线,补情节之漏,以故事为本,填细节之实,使这棵南戏之树枝繁叶茂,花香果甜。

二、构思上的创新,以经典为体,在立意上弘扬时代精神

《宦门子弟错立身》的改编者秦放在《后记》中说:"南戏800年前诞生,让中国戏曲开始绽露出她璀璨的面目。历经百转千回,被演绎得惟妙惟肖,精彩纷呈。而随着时代的演变,新的艺术形态的催生,如何让南戏故事传承发展,走向更多人的内心,尤其是走进年轻人的世界,就成了一个别具意义也很有价值的事情。《南戏经典故事》

的改编，既是一份对经典的沿循，也是一种对传承的创新。"这其实是改编者共同的想法，因为南戏古本的舞台框架也是时空自由、灵活简便、很有超前意识的。因此，以经典为体，在立意上弘扬时代精神，自然是每个改编者不约而同的创作实践理念。

在立意上的创新，最根本的一条，就是大家都能去芜存菁、剔除糟粕。哲贵在《荒芜而隐秘的小径·后记》里说："我在写作过程中既不照本宣科，又不能另起炉灶。我得有所保留，又有所摒弃。譬如残本最后出现了鬼神，这在我的创作中必须剔除。"我也一样，南戏《张协状元》中有许多庙判、庙鬼的戏，并且写得很生动，在原著中起到重要的纽带作用，因而是该剧的一大特色。但这些内容不能插进小说之中，于是我就把它们删去了。哲贵的《小孙屠》改编本《荒芜而隐秘的小径》中，把主要角色都写成有正义感的、有舍己为人精神的正面人物，这就给老戏注入了正能量。我也一样，觉得《杀狗记》原作中的几个主要人物都是反派，做的也都是吃喝嫖赌的坏事，真是群魔乱舞，太阴暗了。于是，我就把孙华的弟弟孙荣重新定位，让他除了疾恶如仇，还具有创新精神和超前意识，让他在剧终时离家出走，与海花一起到硝石岛开创晒盐产业去。这就有了光明的尾巴。其他几个改编本也对原作的情节有所取舍、有所创造，让故事的发展有了理想的结局。如哲贵所说："我觉得，在那个时代或后来的南宋，催生出《小孙屠》这样的文艺作品，是正常的，也有其时代意义。但是，作为当代作家，回头重新审视并创作这个作品时，便不能单单满足于表现人在那个时代的欲望了。也就是说，在创作这个作品之前，必须解决的第一个问题，也是关键的问题，是我对那个时代发生的故事有什么新的发现和表达方式。"事实证明，哲贵对南戏《小孙屠》的新发现，就是将原来的妓女谋杀改编为正义的仇杀，以及好人之间的见义勇为。张思聪的《荆钗记》改编自他原先改编的越剧剧本《荆钗记》，并且上演了上千场，得过曹禺剧本奖和文华奖。于是，他就在"改故事时，以原本为基础，同时吸收改编越剧中的长处，包括对一些人物的处理、情节的改变、地点的变异等演出中受群众欢迎的东西"，"在立意上突出一个'信'字，在情节上突出一个'情'字，在体现上突出一个'新'字"。（张思聪《荆钗记·后记》）其他人的作品也是如此，可见大家都对此做出了一番努力。孔尚任在《桃花扇·小引》中说："于以警世易俗，赞圣道而辅王化，最近且切。"古人写戏尚且如此，我们今人改古人的戏岂可不如此？

三、形式上的创新，以古本为鉴，在表述方式上各扬其长

剧本和小说（故事）都是讲故事，但表述的主要方式不同。而且剧本改小说（故事）的方法也不同，有移植式、注释式、近似式、取材式、重写式，或者几种兼而有之。依我看，改编本中的《琵琶记》《荆钗记》《破镜重圆》《宦门子弟错立身》《白兔记》等像是移植式、注释式的。汤琴在《琵琶记·后记》里说："这一次又选择了《琵琶记》来写故事，起初是很想把它写成一个自己想要写的故事。然而写着写着，又不愿意离它太远了。因为心里一直有个梗：那样，还是《琵琶记》吗？真是一件尴尬的事情。何况像我这样懒的人，最终还是选择了老老实实按原样来。"这以外，《杀狗记》《张协状元传》是注释式、重写式的。我在两篇后记里都写过，说在《杀狗记》里我做了大量补充、填空、加枝添叶、着色添彩的工作。在《张协状元传》里，我增加了原本开幕前的三四万字，再改写原来的剧情，这就是注释和重写。而《荒芜而隐秘的小径》应该是近似式的。《拜月亭》和《洗马桥》可以算是取材式、重写式的了。

再看体例,同样是小说(故事),其表述的形式也大大不同。比如,《琵琶记》《宦门子弟错立身》《破镜重圆》是正宗的传奇故事话本式的。《琵琶记》里头的一些人物对话,简直可以拿到舞台上当对白了。《洗马桥》《荒芜而隐秘的小径》是两篇结构最完整、人物最鲜活的现代小说,特别是后者,从题目一看就够现代派的。《荆钗记》《白兔记》《拜月亭》像是心理小说,都是通过人物的心理描写推动情节和故事发展的。特别是《拜月亭》,全文都从男女主角的内心独白中交代情节,并且时空交替、顺序颠倒,让读者零零碎碎地获取故事情节。最后,由作者站出来说了几句看似莫名其妙的话。林斤澜先生曾用《李卓吾先生批评西游记》里的一句话来形容写作:"文不幻不文,幻不极不幻。"像《拜月亭》这样的文字,该是林先生所说的"幻文"吧。

总之,这次参加十大南戏改编工程的作家们,八仙过海,各显神通,通过各自的努力,在作品的内容上、立意上和形式上创新,写出了精彩纷呈的经典故事,将老戏变为新篇章。这些新篇章体现了新的时代精神,出现了各种各样的文学形态。这无论在传承和弘扬温州南戏方面,还是在繁荣文学创作方面,都应该是一件"别具意义也很有价值的"好事吧。

九山书会的才人曾借《张协状元》剧中人张协之口说:"精奇古怪事堪观,编撰于中美……九山书会,近目翻腾,别是风味。"在这次温州十大南戏改编工程中,读者若能读出十个经典故事的或"精奇"或"古怪"的"别是风味"来,那也就不枉我们几个"新九山书会"同人们一番颇费苦心的"近目翻腾"了。

是为后记。

岂得羁縻女丈夫

——观昆剧《红拂记》有感

胡胜盼

9月30日晚，作为2020年浙江省传统戏曲演出季（温州站）的参演剧目之一，由永嘉昆剧团精心打造的年度大戏《红拂记》在东南剧院上演。从唐代杜光庭的《虬髯客传》，到明代张凤翼的《红拂记》，再到明末凌濛初的《红拂三传》……红拂故事仿佛随着时光流转，一唱三叹。

中国的戏曲之所以能够得以绵延，在于戏是留在具体时代的具体百姓中的。所以，要想再次翻出红拂故事，就一定要面对如何合情合理地处置剧中人物的矛盾纠葛这一颇为棘手的难题。所谓"用现代人的视角和审美取向"加以定位，在于全新视角的出现要做到编演者能自圆其说，观看者能普遍认可。"铁打的故事，流水的观众"，故事不丢本源，观众没有被迷住眼睛，这样的改编戏才不至于失了魂魄、乱了章法。从这个角度去解读永昆版《红拂记》，是足可称道的。红拂故事的核心人物，绕不开红拂、虬髯客、李靖，加上旁枝人物杨素、刘文静等。人物多，枝节也就多，但作为一出单本戏，要想在有限的时间内把故事讲透彻，就需要编剧匠心独运了。既然叫《红拂记》，就立红拂为主脑，以她为主线牵引出虬髯客的戏，进而步步为营，把红拂和虬髯客作为交集点，延展出更为开阔的戏文境界；将本来身为主体的李靖予以淡化，和杨素、刘文静同时作为推动戏剧情节发展的三个节点：这是永昆版《红拂记》在戏剧情节架构上的高妙之处。这样的情节铺排和角色设计也是这出改编剧目能够得以规避剧团劣势、发挥演员优势的取巧所在。

永昆版《红拂记》的导演是昆剧武生大家林为林先生。红拂的饰演者是永昆优秀青年演员胡曼曼。林先生作为武生大家要在戏中流露武戏色彩自在情理之中，而胡曼曼又有着很好的武戏功底，这样的组合能做到巧妙地融合这出戏的主人公红拂女儿家的性情和男儿的气概。不过，编导的构思体现与演员的演技展示一定要符合剧情的发展和人物的塑造；反之，就定然适得其反，不仅给人一种强行植入的感觉，还会极大地破坏观众的观赏心境。不得不说，永昆版《红拂记》在这一点的处理上是"入乎其内，出乎其外；一静一动，相映成趣"。笔者看来，戏可以分为两个半场。以红拂、李靖茶舍遇虬髯客作为界限，戏的前半场安排为红拂慧眼识才，"儿女情长"缠绵悱恻；戏的后半场安排为红拂不负金兰，"侠士肝胆"畅叙胸怀。如此安排，脉络清晰，可听可看，动静结合，实有文戏武唱的味道，既能调节剧场气氛，又能打破观众对于昆曲欣赏的固有观念，体验昆曲"静如处子，动如脱兔"的剧种特色。下半场的武戏初看，似乎"没有非打不可"，但接着看下去就会发现原来好戏在后头。

战场上横陈的具具尸体，映衬着红拂眼中的斑斑血痕，使她忽然想起自己当初为什么会相中李靖，而甘愿冒着"私奔"之名与心上人远走高飞；她又想起虬髯客当初发下"为天下人得天下"的铮铮誓言。她的内心在挣扎，她的灵魂在战栗。心惊之下的红拂，又牵连起虬髯客，真可称得上是一箭双雕，而又弥合得天衣无缝。铿锵的锣鼓转为暗然的心音，红拂在问自己，观众此时也在心底划过了一丝震颤。同时，又对原剧本中虬髯客与李世民一局定输赢便慨然离去做了较为合理的演绎，更贴近虬髯客的真实心理。一个对天下踌躇满志、志在必得的人，很难做到因为一盘棋而撒手。而红拂和李靖作为虬髯客的结拜对象，断然抛开虬髯客，亲近李世民也似乎显得过于牵强。因此，把两条看起来必然要发展到一个集合点的戏突然因为一个因素而分解，并且又因为这个点让人物的情感得以撞击，最后生发出一种英雄侠气，是很难处理的。正因为本剧很好地处理了这个交集点，才使得下半场的武戏不但看得过瘾，更是来得及时。而结尾的红拂与虬髯客的心理对白也显得那样开阔，袅袅有余音。

永昆版《红拂记》在舞台布景、灯光设计、服装设计等方面没有走当下大制作的路子，而是比较严格地遵循了戏曲写意的古旧特色。简约化的设计似与修复文物遵循"修旧如旧"的原则有异曲同工之妙。但这并不是说该剧在这些方面没有用心，相反，相对的简约更能显现出制作团队的良苦用心。比如，第一场杨素府中，倾颓的斗拱背景给人一种压抑之感，这既有江山倾颓危如累卵的寓意，又能折射出主人公红拂困居杨府的苦闷心理，也很好地诠释了杨素"尸居余气"的人格意味。当然，一出新戏要想打磨成精品力作，需要经历时间的淘洗。从初演的呈现效果上看，永昆版《红拂记》还有一些细节似乎有待提升。如在剧本方面，一些太过于口号化的台词会削弱这出戏的深刻内涵；红拂追奔李靖，面对李靖倾诉衷肠后屈膝相跪似乎也有悖于人物性格。在表演方面，由于青年演员演出经验或者是发声科学方法方面稍显薄弱，出现了真假嗓换用不严谨等问题。另外，在演出观赏效果方面，如红拂的红拂舞、剑舞等设计上可以追求更为完美些。

纵览成功的传统戏曲剧目改编或新编之作，有一共性特点可循，那便是改编或新编后的剧目虽脱胎于原著，但因文人的再创作，使剧目染乎世情，出乎胸臆，具有了个性化的特征。《红拂记》自诞生始，就寄托了一个"千古文人侠客梦"，可以说这出戏本身就带着浓郁的理想化风格，是一个戏曲童话故事。不过，也正因其包蕴了人们诸多的理想记忆，也就使得这出戏有了常演不衰的理由。正所谓"长揖雄谈态自殊，美人巨眼识穷途。尸居余气杨公幕，岂得羁縻女丈夫？"

特别值得一提的是,永昆版《红拂记》的编剧温润是国家艺术基金 2017 年度艺术人才培养资助项目"古代戏曲编创人才培养"研修班的学员。"古代戏曲编创人才培养"研修班学员的优秀成果在温州落地生花,可喜可贺。

◎ 论美 LUN MEI

近乡情更怯，诗书持敬始

——观赏"张索·辛丑迎春作品展"有感

胡念望

金辉兄发来"'张索·辛丑迎春作品展'亮相市文化馆艺术长廊"的信息时，正逢春节前我忙于组织下乡督促指导文物建筑的安全检查与风险点整改，便只能见缝插针、抽空前去观赏。不料张索兄知悉我前往，专门腾出时间在展厅陪同我参观。

张索兄是一位值得赞扬的长者。他精于篆刻，又懂书法，也会画画，他秉持先贤大儒的持敬理念，倡导并践行敬体书与便体书、诗书画印的融通合一，坚持用毛笔书写日课，参与乡邦文献搜寻整理，更为人称道的是他甘为人梯、奖掖后进，在他的激励与提携下，陈忠康、陈中浙、周延、戴家妙、王客、林峰等中青年书家走出温州，崭露头角，成名成家。

认识张索兄多年，记得我刚从永嘉来温州市区工作时，和他接触较多，有几年一同参加市政协文史委的一些活动，同时也聊江心屿金秋文化节的事，我案头的《江心志》便是他赠阅的。十多年前的一天，他忽然来电，要求我马上带一方印章给他，说"文化人没有印章不行"，要帮我刻一方印章。

我揣了一方青田石章应约前往他的工作室。他拿布擦了擦印石，说:"这方石头,好。"两天后,张索兄来电:"石章刻好了,这两天有空的话,来我这里取一下。"我喜欢他做事干脆,说话直接,不拖泥带水,不虚伪客套,快人快语,直截了当。他为我刻的是姓名章,去取印章时,他又拿着一方毛巾,把印章擦了再擦,连声说:"这方印石好,我刻得也比较顺手,才两天就刻好了,你看我这桌子上还有25方要帮人家篆刻的石章,有几方甚至都放在我这里一年多了。""篆刻你的姓名,琢磨了好长时间,特别是这'望'字,参考了金文、小篆、大篆、隶书、魏碑等不同书体,才最终确定刻成现在这样子,你这方印章算是我刻得比较好的,将来出个人印谱,要收录进去,因此我要留20方印备用。"于是他在一本空白的印谱本上"唰唰唰"地连钤了20方印。

张索兄先后任教于永嘉罗浮中学和温州大学。身为大学老师,张索兄丝毫没有一般文人的孤芳自赏、清高冷峻,也绝无一些名家的自骄自傲、自以为是。在论坛、研讨场合,一打开话匣子,他便可以滔滔不绝地知无不言言无不尽。张索兄能言善辩,更会思考,他的发言一般都是经过深思熟虑的。在我眼里,相比于书法、篆刻、绘事,他更善于谋划,俨然一位卓有成效的社会活动家。2006年,温州图书馆举行由我主编的"温州旅游丛书"编者、读者、作者座谈会,担任该丛书责任编辑的上海书画出版社审读室主任、原书画出版社副社长、原西泠印社副社长方去疾的高足茅子良先生与原上海辞书出版社副编审朱莘莘亲自来温州参加。张索兄抽出时间专程陪同茅子良先生参观方介堪篆刻艺术馆等处。

后来,张索兄去了上海,一晃已历八年。我一直从事旅游、文物方面的工作,固守着自己的阵地,平淡平静,谨小慎微地过着自己的小日子，偶尔写写"豆腐干"；他倾心于篆刻、书画及文史资料的搜寻整理，在艺海纵横捭阖、任意驰骋，身为中国书法家协会理事、西泠印社理事、华东师范大学书法系主任及硕士生导师、上海市书法家协会副主席，张索兄如蛟龙出海、飞龙在天，艺事蒸蒸日上、如日中天。彼此在工作和生活方面没了交集，而层次平台又高差明显，地理空间的距离疏远了，心理空间的距离也拉大了。我只能远距离注目仰望。

2月5日，"张索·辛丑迎春作品展"在温州市文化馆"名家视野"艺术长廊开展，内容诗书画印一体，书体楷篆行草齐备，敬体书与便体书兼顾，足见张索兄"近乡情更怯，诗书持敬始"的良苦用心，应该算是离乡游子一次荣归故里的汇报展。临窗展览没有大开大合的展厅空间，而是选择温州展览馆门外的一面展墙，似乎也可以看出张索兄的个性。这次展览共展出其诗书画印作品30余件，在内容选择方面，基本上都是家山与贺新题材，既为家乡人民送上新春祝福，也向新冠肺炎疫情背景下的伟大祖国表达感激之情。大红的对联、放大的印稿、巨幅楷书及每个字一米见方的小篆联句等，为温州增添了喜庆气氛。展览还展出张索先生的绘画作品和诗稿。张索兄以承传中国传统文化为己任，精于篆刻、长于书画，能诗会文，尤其热衷地方乡邦文化。其以汉白文为特色的篆刻风格被誉为国内翘楚，深为同人所赞许。

这次的迎春展是一个小型展览，然而对于参与过很多展览的张索兄个人来讲，这是第一次个人的独立展览。他说，自己离开温州已经八年了，过年回乡，近乡之情、爱乡之情油然而生。此次临窗展览，主要有三个主题思想：一是贺春；二是弘扬中国传统文化；三是个人的理念要得到体现。这个小型临窗展览，设计时要考虑宏观，包括展板的尺寸大小、展板纵横、内容安排等，这个展览从头看到尾，基本上可以看出他人生的思想体系了。展厅橱窗离车站大道有25米远，离人行道至少也有十几米，因此这次展览的审美就要考虑到观众站在25米之外的观展效果，至少要看得清展品，因此字体要大，大小要让人能认读。以前他从来没有写过这么大的篆书，这几副对联都是大字。小字观众远距离看不到，怎么办？可以安排一组小字，形成一个大块面，于是安排了六幅小字的诗稿书笺。张索兄的书法作品让人大有"士别三日，当刮目相看"之感，其进步之快，令人叹服；或篆书，或楷书，或行书，可谓笔精墨妙，线条饱满，结体厚实，气韵生动，灵动洒脱。

张索说，这次布展策划，对总体布局与时令是有讲究的，新的展厅、橱窗陈列有一个总体布局设置。待设计框架定了之后，他就开始写，且写得很快，一幅横轴巨幅大字、三副对联、几幅篆字、几方篆刻印、几幅诗稿书笺，加上两张画，总共只花了两个下午，一天画两个多小时。以传统文化这样的视角切入，融入自己的书法技能，诗书画印四样齐全，也是当代书家、画家、篆刻家想要打通，却很少有人打通的。他说自己也没有打通，只能尽可能达到协调齐全。第一幅是新春贺岁作品，写了十个篆字"新年纳余庆，佳节号长春"。这是中国古代最早的对联，是五代孟昶撰写的。用这幅联句作为展览的开篇，交代了对联的由头、新年贺春的概念。这其实不是对联，而是联句，用大字篆书书写，体现展览的喜庆效果。第二组是为了延伸关系，用了展览作品中仅有的两幅绘画作品，分别是墨松与竹石兰草图。绘画有一种传统文人的情感寄托，体现"梅兰竹菊"四君子的高雅与松树的气节。尤其是墨松，干粗枝虬，松鳞片片，松针稀疏，笔墨浓淡相宜，枯湿互现，颇见精神，富有唐人诗意。题款用唐代诗人李群玉的《书院二小松》诗："一双幽色出凡尘，数粒秋烟二尺鳞。从此静窗闻细韵，琴声长伴读书人。"

清雅有味，堪称逸品。松的题画诗是"一双幽色"，但画中只有松，张索便用竹子来补，松与竹也算"一双"。他觉得，这两幅画体现了中国文人传统品格的核心，是君子风范，而不是那种张狂的、斗争的气息。他说："14岁时，我拜访过徐堇侯先生。当年徐老先生说：小朋友，你搞点兰花画画。这是我与他唯一一次见面，我终身受益。他当时为我画了一幅兰竹，还画了竹笋。有人评价我的画薄，但是我的画比较清雅。"

张索兄说："我自己的书法一般，最有成就感的是篆刻，算得上半个篆刻家，平时也只是刻些简体白文。"这次的展品中，篆刻作品是两组，每组四件，共八件作品，除了一件朱文，其余七件均为白文。篆刻作品的展览次序是有讲究的，经过了一番缜密构思。第一组篆刻作品共四件：第一件"人寿年丰"，题材喜庆；第二件"康乐永嘉"，一语双关，既点出了南朝刘宋武帝永初三年（422年）康乐侯谢灵运出任永嘉郡守，开创中国山水诗派的历史故事，也表达了张索兄对家乡永嘉安康欢乐的美好祝愿；第三件"山河无恙"，指形势严峻的新冠肺炎疫情防控背景下对家乡的祈福；第四件"此心安处是吾乡"，这是宋代苏东坡的句子，借诗句表达出家乡卓有成效的疫情防控措施让人内心有了安全感。第二组四件篆刻，其实是对张索人生思想的高度概括与提炼总结，他把自己的思想用这四件篆刻作品进行了高度概括，包括儒家的入世和释家的出世。他认为，人苦是因为有欲望，人既要悟空，也要求生存，要在求实的基础上悟空，而不是在悟空的基础上求生存，名利我们当然也要，但不要太讲究，不要刻意追求。第一件作品"正心修身齐家治国平天下"，体现了传统儒家的大格局。第二件作品"诸法空相"，源于佛教，是对物质世界与精神世界的思索。

第三件作品是张索的号"石头记者"。以前他常告诉别人,他是用石头刻章的,用印章采集人生。其实,"石头记者"意为"红楼梦者",你我都是梦中人,红楼是华丽的,而梦是虚幻的,我们都生活在红楼梦境之中。第四件作品"焉哉乎也",这四个字本身没有任何意义,是《千字文》的最后一句,就是告诉世人,世间的一切都是虚幻的。张索的篆刻作品布局精当,疏密有致,或朱文,或白文,刀锋凌厉,纡徐蜿蜒,边款雅致,无不蕴彩含光,篆艺精湛。

展出的八幅小字,是其自撰诗稿,写的内容都是家乡的山水人文,共八首诗,分六张画笺,不少涂涂改改,却更显出真性情。其中一幅书法作品落款是"己亥初冬日录旧作二首,张索于沪上"的《湖山杂咏、题竹》自撰诗二首:"湖上幽居胜避秦,陶公未到此迷津。四时嘉木幻山色,落落桃花犹是春。湖上杂咏。临窗研墨对空山,书罢兰亭意若闲。莫负中庭数疏竹,风清叶叶碧云间。题竹句。"有三幅作品书写了出游有感诗,其一为《游能仁寺》:"癸未春偕赤力居士,邀请金辉夫妇,同游雁荡能仁寺。越数日,又偕中原师再往。二度欲谒梦参大和尚,因缘未至,不能如愿。在客堂品茗感赋,遂成一绝:能仁古寺几重兴,春日复来寻梦僧。未值客堂围茗座,茶禅一味悟明灯。东瓯张索吟稿。"其二为偕师友同游永嘉石门台而得《登永嘉石门台两首》:"偕剑丹师、贤珍、陈燕、向荣、虚凡、正恺、赤力诸兄同游永嘉石门台,得此二首:九漈梯云上将山,林深路险水潺潺。千阶历尽闻鸡犬,岭住人家十八间。炊烟引我至田家,老妪笑迎忙沏茶。陈酒珍馐连嘱客,来春再上看山花。登永嘉石门台二首,己亥张索录旧作未是草。"其三为《仙岩道上、登景山有感》:"十里河塘绕夕烟,浮屠返照入云天;扁舟载满春山绿,一曲渔歌到橘田。仙岩道上。西山远眺白云间,无意登高自若闲。如练瓯江惊眼底,半生未识是家山。登景山有感。"殷殷家山之情溢于言表。值得一提的是,其中有一幅书法作品自撰诗是《题金鉴才拟金冬心墨梅》:"疏影冰姿挟雪来,圈圈点点万花开。人间多少春风意,付与二金先后栽。蛛砚斋吟稿。"第六幅写的是《贺顾琴京城书法展》:"紫庐新作见初心,彤管风流化古今。久有长编推海派,一堂南北话知音。贺顾琴女史京城书法篆刻展暨南北书法对话研讨会。"

张索说,有些画画得好的,诗写不好;诗写得好的,画却画不好。不管怎么样,在普遍临摹抄书的环境下,能自撰诗词书写,书写时就可以带着对山水的情愫与对自然人生的解读,从容不迫地落笔落墨。而这次展出时用了兰花书笺、画笺,则充分考虑了展览的整体效果。

这里对联一共安排了三副,内容基本上契合新春的祥和、师友的因缘。其中第一副对联是"平安即是家门福,长乐愿为世界同"。他说,"平安即是家门福"这句话是白龙山人王震的,看到了就拿过来写了,并现凑了下句。我们中国人要有世界格局,着眼于"世界同长乐",不要老是祈求保佑一己之我。第二副对联,原来是七言联:"圣道泰和兴礼乐,先儒文范有诗书";书写时改成了现在的五言:"泰和兴礼乐,文范有诗书"。他说对联自己也不太懂,曾有老师说他这副对联语言上存在并列结构与偏正结构的问题。最后一联"翰墨因缘旧,烟云供养宜"是有因缘的,交代了这次温州文化馆让他来参展的因由。陈斯是其学生,温州是其家乡,来的都是老朋友,因此就说"翰墨因缘旧"。

在长廊的中间位置,一幅7.6米×2.6米的巨制书法作品,以楷书写就,"瓯始见于《山经》《王会》,古矣。自汉东瓯王受封,肇辟榛芜，遂为海邦一都会……"让驻足观众在欣赏中国书法之美的同时，还能了解温州的几千年历史文化。为何用"山"的内容？张索讲，云在变，水在流，只有山不变。张索坦言，这幅巨字作品之前写了两套，原以为第二套效果会好一点儿，结果一些同道觉得还是第一套更合适。只不过这里写错了一个字，著名文史学者张如元先生指出其中的"復"字写错了。古人用字很讲究，表达一个人走来走去的是双人旁的"復"字，而作为衣服里面一层层的，应该是衣补旁的"複"字。这幅作品中应该用衣补旁的"複"，而不是双人旁的"復"。张索说，展览时没有必要隐藏自己的缺点，展览开幕式那天的讲座他就开诚布公地从这个错字开始讲，说自己这个"復"字写错了。现在面对中国博大精深的传统文化，在简体字语境下把繁体字写正确，是有难度的。对传统文化，我们需要补"钙"，学会贯通诗书画印。对这一点，张索有自己的清醒认识与清晰定位，篆刻是其拿手的主攻方向，也会一点诗书画，但要全部贯通是不可能的。譬如，像"康乐永嘉"这方印，业界专家评价甚高，但是要求每一方印章都好，也是不可能的。

在提笔忘字的现代毛笔临摹环境下，我非常赞同张索在书法教育方面倡导的让日常书写落地的创作书写主张——坚持"用毛笔书写日记"。以前是文言文、繁体字、竖写版式、毛笔、墨水、砚台、宣纸，当下却是白话文、简体字、横写版式、钢笔、键盘、电脑、手机。通过毛笔书写日记这种有效途径，让学生每天能接触毛笔，进入日常书写状态，在传统书写的氛围中学习书法。从内容上看，这种方式使日记变成一种可呈现、可交流的形式。另外，书写日记有助于书写者改进学习方法，记录学习心得体会等内容，反思笔墨书写疑问，记述相关人文活动。

尽管离开温州在上海高校工作多年，但张索始终践行着"人虽走开、把心留下"的理念，非常关心温州地方文化的发展，特别是关注温州书法学子的培养。此次应邀参与温州文化馆的"名家视野"展览，正是他浓浓乡情的体现。

时光记忆中的田园牧歌

丁海涵

说来我与钟式震先生已相识交往多年，但提笔作文，却不禁一时语塞，似乎人与人过于熟悉了，反而会失去观察的最佳视角。回想从最初好聆听他发表对生活与画画的豪言壮语，到如今见面不过聊些家常话，"却道天凉好个秋"，时光竟已不知不觉过去了许多年。

对钟先生的最初记忆，与旧城区大士门九山湖畔的老温师院联系在一起。1988年的暑期，师院开设美术培训班，家父在日报上见到招生广告，四十天工夫、四百元学费，索价不菲，但见我对画画高涨的兴趣，欣然应允放行。我从城郊永强老家进城，借寓水心亲戚家，每日经由绿荫掩映的九山路，穿过了穿窿门厅的民国建筑（现已拆毁），到校园最内侧的老教学楼画画，度过一段阳光灿烂的难忘日子。当时，我所在班级的色彩课由陆琦先生授课，隔壁班级即由钟先生任教。陆老师喜欢摆设鱼鲜一类高难度的静物道具，令初学者内心激动却无所适从。某一日隔壁班拎来一幅钟先生亲自作的水粉范画，吸引了许多学生围观，画面中灰色衬布上摆放着鲁迅胸像，前景搁了水果与几支画笔。练习素描的白色石膏像竟也能用来画色彩？我不禁一时惶惑，随即为其逼真描绘与色彩效果之微妙所折服。对当时十五六岁初习绘画的我而言，这一印象实在深刻，以至于钟先生的最初形象反倒在记忆中变得模糊。

因缘际会，十年之后，我从中国美术学院毕业，回到当年接受启蒙的师范学院任教。两年后的春季，我带领学生到丽水上风景写生课。

两个班级，教师紧缺，系里便临时安排已经退休数年的钟先生一起带队前往。于是半个月时间内，我们在同一个房间休息、交谈，形影不离。我提起当年那张画了鲁迅胸像的水粉画，他呵呵一笑不以为意。到他这个年岁，曾经授过课的学生都已难以计数，哪里会对一个多年前的旁听生留下印象？不过我们算是彼此正式认识了，我称他"钟老"，他呼我"小丁"，这成为我们之间多年的默契，延续至今。每日晨光熹微，我尚在梦乡之中，老先生即已洗漱完毕，一面高声说笑，驱走同伴的睡意，一面迅速准备好画具，准备拉学生出门作画去。钟老的画具很简单，不过一个使用了多年的很小的画箱，箱底挤好油彩即成调色板，箱盖上安装了几道暗槽，可插入几块画板。他把剪成巴掌大小的画纸用图钉在板上一一固定好，板子之间有间隙，只要色层不太厚，彼此是不会粘连的。他通常会觉得这还不够一天的劳作，便在另一块较大的画板上钉好两排小画纸。等一切准备就绪，出门前会以老教授的口吻强调几句"绘画中生活和素材非常重要"之类的行内话——他的嗓音总是嘹亮铿锵，昂扬出门。白天我们各自带学生找地方作画，偶尔在村头巷尾遇见，便会发现其画板上又新添了几幅作品。他一路不断高声说笑，身后尾随的学生不断增加，欢呼雀跃，和春日温暖的阳光汇集成明媚的色调。天色已经很黑时，钟老才会回到旅馆，简单就餐休息后，就在房间的墙壁上张贴好白天的画作，一般一天能完成八张色稿，画得概括且凝重。我到学生宿舍去招呼，一会儿工夫，学生们便围拥过来，他们与随和的钟老早就打成了一片，站立的、随意坐床上的，满满一屋子。钟老的讲评称得上是富有感染力的，他谈色彩规律，谈自己年轻时写生的热情与经验，用很大的声音，配合夸张的动作和表情，而剖析画面问题时，则往往用痛心疾首的姿态。他称呼女学生为"妹子"，让学生们惊讶发笑。他也聊自己当年在湖南的生活经历，非常健谈风趣。小小的旅社内忽而沉默，忽而爆发出热烈的笑声，热闹非凡。

回温之后，我便成为他家的常客。他在洪殿师院教工宿舍的居室不大，入门一个小小的会客室，一般客人在这里稍作停留，就会被主人带到内间看画聊天。那是一个朝南略大的房间，连着一个阳台，室外绿荫如盖，室内冬天却有很好的阳光。不断增加的作品被整齐地收纳进室内和阳台处特制的柜子里，后来画再多起来后，靠墙处都摆满了作品。即便如此，总还能弄得井井有条，我戏称为"螺蛳壳里做道场"，他首肯。在丽水采风时所作的色稿，不久后经过整理加工，绘制成较大尺幅的画面，其中既保留了最初的印象，又添加了想象的成分，已经历了一番脱胎换骨的变化，用钟先生自己的话来说，就是"添油加醋"了。一来二往，我便发现，对于写生与创作，他有截然不同的态度。钟老搞创作最容不得马虎将就，从构图稿到色稿，再到正稿，步步推进，一丝不苟。尤其在经营构图稿和色稿环节时，称为"惨淡经营"毫不为过。一张画增加一截天空或减少一块地面，在他看来都是极重要的问题。案上备有剪刀与胶水，许多稿子被粘贴得层层叠叠，它们被收纳进一个铁盒子里，随时会被取出再次予以推敲调整。这些"百衲稿"隐藏了他思考的秘密，也有职业留下的习惯——早年他在湖南某出版社做过编辑。

我在历年积稿中看到他在20世纪六七十年代为出版社画的水粉年画，人物刻画得异常生动，有那个时代特有的明亮乐观气息。还可以见到以工笔重彩手法表现戏曲舞台表演的作品，当年，他在湘剧团负责舞美。年轻时在湖南三十来年的生活经历构成了这些作品沉甸甸的底色。另可见几张那个特殊年代作品的草稿，群众如潮水般拥戴着领袖，红旗迎风招展，汇集成一片红色的海洋，完成稿如今却不知流落何方了。钟老回忆当年在湖南郴州街头画十余米高的毛主席像时连夜赶工的情景。"人物画后来就画少了，实在有些意趣索然……"他常常这么感慨，伴随着一声叹息。

钟先生实在是敏锐的人，可是却看不上太过于轻巧、一挥而就的东西，他更愿意赋予绘画一种坚实的品质，在日复一日的耕耘中，磨砺出内在沉着的色泽。最能见证其劳作的艰辛与愉悦的，是一册厚厚的壁画稿，这其中有当年为湖南白鹿洞、温州机场设计的稿子，从历史传说、乡土民居中获取灵感，构筑形象与色调，称得上构思精巧、意蕴深厚，在设计稿中已见不凡的规模和气势。我每次翻阅，内心的敬意都油然而生，这是些需要豁出性命去完成的作品，它们能消磨掉一个人的多少精力和时间呀！遗憾的是壁画实物在建筑历次的拆建翻修中，基本上已灰飞烟灭了。

尽管在绘画上属多面手，但钟老最投入和倾心的还在于风景画。他给我讲述过许多投身大自然写生的难忘经历。某次在井冈山采风，汽车正疾驶在盘山路上，峰回路转之际，眼前忽然展现出一幅美景，按捺不住，即刻要司机停车，让他下车画画，全然不顾怎么回程。他以水彩、水粉描绘的20世纪五六十年代的湘南风光，处处可见这种捕获自然美的激情与敏感。我初次看到时，大为惊艳，现在重新审视，仍然觉得是那个时代很高明优秀的作品。彼时他不过三十岁左右的年纪，真可谓提笔就老，早慧足令我辈汗颜。可钟老并不满足于娴熟的写生与直觉表现，他更醉心于"驾驭"与"提炼"，信奉"人巧夺天工，剪裁青出蓝"，对原始风景来一番别出心裁的改造，创造属于自己的"第二自然"。其画风大致在20世纪80年代有一个转折，逐步尝试将写生的经验予以归纳升华，突出典型特征与装饰趣味，在此期的水粉画作中已有完整呈现，后来倾心于油画创作，更见延续。我揣度这一方面得益同时进行的壁画创作的历练实践，使得他对于主题之凝练与表现手法之装饰化有了独到的体悟。更重要的或出于性情与趣味的转移，是一种自然而然的修炼结果。如以他倾心的印象派画家来打比方的话，早年沉迷于莫奈式的外光迷离、色相斑斓，后来则厌弃了其浮光掠影，趋向于塞尚式的结构经营了。离开了曾经流连的营建深度空间与自然色彩的游戏，转而在平面之意味、坚实之结构、象征之表现、主观之精神中涵泳求索。

他的探索使得其风景画获得了简明显豁的面貌，一些作品实在是动人，令人过目难忘。如几张表现重庆夜景的粉画，以深蓝色为基调，重色山体满满当当地占据了画面中央，房屋以略见重复之造型与节奏密布其间，用了耀眼且细小的亮色点缀出万家灯火，山城之典型特征跃然纸上，而意味又不尽在一座城池，予人幽邃、神秘、隽永之感；而表现水乡，往往于水面中置一小舟，船画得极渺小，却于虚处着手，将流水中的幻影画得淋漓尽致、曲尽其妙，带给人视觉与感受上的惊喜。我每每叹服构思之妙、剪裁之巧，有如先生的言谈腔调，感染力十足，不乏夸张与渲染，这样的作品在钟老的画稿中比比皆是。

岁月无情，钟先生如今已年过八旬，垂垂老矣，依然蜗居在洪殿老城区那个生活了三十余年的小居室内，比往常更加深居简出，一箪食，一瓢饮，他却能每日作画自娱，乐在其中。每次见到，总还会兴致勃勃地带来客到内间画室，摆开近作，讲述他推敲画面的新心得。小青年们递上画作求教，每每见到画得漂亮轻松的作品，钟先生依然会发表意见："好看是好看，就是觉得'秀'了些。"语气中略带遗憾，终还是饱含鼓励。是啊，江南丝竹虽好，秦腔胡板亦佳，假如有"人画俱老"一说，先生的画境最终定会着落在厚重与朴拙、苍茫与阔大，非如此不能承载他对画画多年的痴恋，非如此不能承载他八十余载的风雨人生。

SHANG YUE
◎ 赏乐

从温州鼓词《杨志卖刀》看丁凌生鼓词艺术

卢和乐

温州鼓词俗称"唱词",是一种流行于温州及其毗邻地区的说唱艺术。它以瑞安方言为表演语言,有说有唱,以唱为主。说的是散文,唱的是韵文。表演时说唱相间,韵散交错,既能叙事又能代言,极具鼓书说唱的艺术特征,深受民众喜爱,盛行不衰。

温州鼓词在自身发展的过程中,出现过不少名家大师。他们各有一套独特的说唱技艺,在不同的时期和不同的地域,各领风骚,献演名段,为曲艺词坛留下了宝贵的艺术财富。

当代鼓词名师丁凌生先生是温州鼓词名家管华山为数不多的入室弟子。他词风严肃认真,表演苍劲庄重,唱腔和道白平缓自然,吐字清晰有力,琴鼓伴奏轻重有度,擅长演唱老生曲目。要谈丁凌生的鼓词艺术,就绕不开丁派的代表性曲目《杨志卖刀》。

《杨志卖刀》取材于名著《水浒传》,是清代鼓词子弟书的篇目,原名《卖刀试刀》,20世纪50年代温州鼓词作家吴大勋先生,把它改编为短篇温州鼓词,由丁凌生先生予以加工并演唱。经过几十年的舞台磨炼,成了温州鼓词传唱不衰的保留曲目。丁凌生的《杨志卖刀》充分表现出了丁派鼓词艺术的鲜明特征。

一是讲究板式。丁先生非常讲究唱腔的节拍结构,也就是演唱的板式。温州鼓词属于板腔体音乐结构,板式是其舞台表演最基本,也是最重要的表现手段。每演唱一本新词,特别是一段短篇词,丁先生总是先细读文本,然后将其中唱词(韵文部分)的主要段落设定好相应的板式,并在词本上标注如慢板、紧板、紧拉慢唱、快板等各种板式记号,再根据设定板式认真排练,以保证演唱时节奏不乱,紧慢有序,段落分明。在《杨志卖刀》的词文里,他就标满了板式的提示,这些板式设定体现了他的演唱风格和对词文的理解。这段《杨志卖刀》曲目他是这样设定的:

先是中等速度的原板,唱腔是稳稳地一板一眼,娓娓道来,以介绍杨志当时的处境和所怀武艺:"却说汴梁城之中,有一位未上梁山的大英雄,他名叫杨志号青面兽,本领高强志气宏。"听众听得清晰明白,对故事中主要人物的基本情况有了一定的了解。接着是慢节奏的慢板,用于表现杨志的内心活动。当时杨志因用尽银钱而功名不成,心中悔恨不已,并且对权奸当道、朝廷昏暗的世道极为不满。丁先生在这里采用慢板交叉着散板,动情的表演把听众渐渐带入角色的心境,使听众萌生同情之心。接下来地痞牛二出场,这里用的是几句快板和清板,用于表现街头的混乱,同时也形象地描述了牛二的无赖嘴脸。在故事中,杨志的两次桥头试刀,丁先生用的是垛板,也就是紧板,这是一种紧打慢唱的板式,充分展现了江湖英雄凛然挥刀的威武气概。紧接着就进入武打的板式,把故事节奏催了上来,很自然地进入了这篇词目的高潮:杀牛二。在武打的鼓板声中,在扁鼓上狠力一槌,手起刀落杀了牛二。随着高潮过去,又回归原板,杀人后处理善后,词文种类归于平缓直至结束。这篇唱词板式清晰,节奏鲜明,故事缘由结果交代得非常清楚。丁先生每次演唱《杨志卖刀》都是按照相同的板式变化。这在随意性很大的说唱表演里,是难能可贵的。可以说,他是温州鼓词界最讲究板式的艺人,也是演唱时板式相对稳定的鼓词演员。

二是擅长道白。温州鼓词有句行话:千金道白四两唱。这是在强调说表的重要性和表演难度。鼓词的说表包括三种类型,即表(故事叙述)、白(人物代言)、评(局外评点)。说表是丁派的强项,这也是根据表演者自身嗓音条件而发扬的长处,特别是人物代言的道白,丁先生是下了一番苦功的。由于他唱的大都是须生的曲目,以武侠英雄类居多,都带有一股阳刚之气,因此他最多借助的是京剧的道白。他熟练地掌握了京剧中的京白和韵白,并且运用自如。京白是京剧道白的一种,难度较高,需要一定的技巧。一般是由丑角来说表。在《杨志卖刀》里,丁派表演地痞牛二,就用了大量的京白说表:"哼,俺牛二爷来到街上,你们为什么都要逃跑呢,难道说俺牛二爷是个老虎不成吗?我看你们都不是什么好人,如让我抓住,你们要想活命是万不能得够。""打就打,在此汴梁城中,我(牛二)想打谁就打谁,打死个把人是不用偿命的。"这些略带夸张的京白,把丑角牛二那种撒泼无赖且又滑稽可恶的性格表现得活灵活现。在表演杨志时,丁先生完全用夹带着中州韵的韵白来表现这一英雄人物的形象,突出了梁山好汉的硬汉气概。"啊仁兄,你把皮拳一举,难道莫非是要讲打吗!"以丁先生的话来说,这样的念法能使得上劲。鼓词是说唱艺术,是听觉艺术。这样分别运用韵白和京白,在听觉上就能把两个角色分得清清楚楚。这种完全采取京剧的念白方式,也给说唱艺术带来了浓厚的戏剧色彩,不仅显得大气稳重,而且能使听众在很短的时间内厘清角色的性格特征,更快地进入故事情节中去。这就是丁派的艺术魅力和表演技巧。

三是精于武打。唱武曲,丁派是独有绝招的,在鼓词界享有盛名。传统鼓词表演武打场面,用的大都是"上打乌云盖顶,下打老树盘根""左打什么,右打什么"等类似的唱句。这是一般艺人惯用的营造武戏气氛的打法,听众也是接受的。但丁先生很少用这种传统手法,他喜欢采用具体的武术招式来描绘武场对打。他平时在家坚持武术锻炼,因此十分熟悉武术拳脚的招式。在表演武场时,他唱的是这边怎么出招,那边怎么接招,都是些很具象的表述。你看他唱牛二开打:"那牛二,抡起来皮拳瞪起了眼,看拳!这一拳是直扑杨英雄。啊!那杨志微微将身只一侧,突!竖起了一腿踢去力无穷,只听得'扑通'一声响,那牛二被打趴在地中……"一来一往,都唱得非常明白,也很形象,听众听得过瘾。还有他唱武打的词句一般都不复杂,干脆利落,两三下就予以解决,尽量避免听众产生欣赏疲劳。《杨志卖刀》里,词文唱牛二死缠烂打,撕破杨志的衣裳,还撒泼:"我的头在这,你杀吧,你杀吧。谅你是不敢杀我,谅你是不敢杀我……"这番举动令杨志怒不可遏。这时丁先生的鼓术便施展开来,鼓声紧紧催逼,把听众的心弦进一步拉紧。水到渠成,杨志咬牙大吼,愤怒地大吼"哇呀呀……"随即词文唱杨志高举钢刀,寒气逼人,大喝一声"呸",朝着那无赖的脑袋挥刀而去。那牛二头颅落地,血染州桥,高潮结束。这一段词一气呵成,干脆明了。一套完整的武打板式完美呈现,显示了丁派鼓词描绘武打场面的高超技巧,一点儿也不输于其他戏剧中刀来枪去、锣鼓交错的对打效果。

丁派的《杨志卖刀》是温州鼓词中少有的由一个韵唱到底的曲目。用的是鼓词"二东"韵,这保持了原来子弟书的"中东"韵特色。这个韵温州话和普通话没多大区别,观众容易听明白,加上仅用一个韵,很容易让人记住。再加上丁先生极富分寸感的表演,故事情节交代清楚,角色人物特征鲜明,说唱奏演抑扬顿挫,一招一式来去分明,表现得十分完整,把丁派鼓词的艺术特征展现得淋漓尽致,铸成了一段百听不厌的鼓词经典。

向经典致敬!向丁先生致敬!

品评歌曲《矾客情》

陈方敏

由原苍南县政协主席张传君作词,矾山人魏斌、藻溪人宋小取作曲的《矾客情》,歌词讲究精练,旋律优美动听,节奏明快流畅,情感饱满真挚。用写实的手法,融合情景来描绘挑矾古道的地理人文,忆念挑矾工的艰辛生活,撩拨听众心弦,缝合年代记忆,触及灵魂深处,令人有百听不厌的欣喜和常听常新的感悟,犹如游览九州方圆东南仙都,必会响起徐沛东作曲、俞静演唱的《难忘太姥山》一样,这首《矾客情》也应该缭绕于"世界矾都"矿工村福德湾。

歌曲创作的地理背景是一座曾经的经济重镇——矾山镇,拥有炼矾遗址、矿硐、挑矾古道等丰富的工业遗产和鹤顶山、笔架山等自然景观,被誉为"中国矿山井巷业之乡"。明矾采炼始于宋末元初,明朝洪武年间开始有文献记载,至今已有650多年的历史。伴随数百年开采历史,一代又一代挑矾工从群山中间用肩挑脚踩的原始方式开辟出一条营生之道,渐渐形成了从矾山到藻溪、到赤溪、到福建前岐等数条挑矾古道。《矾客情》开头短短两句"担偌兮石头铺出这条路;草缝开花是经过风甲雨"一下子就能起到先声夺人之效果,同时表现出幽微深眇、撼动人心的袅袅乡韵。

风雨四时,"春去秋来""汗水落土""那块石板"响彻山间,历史的步履渐渐隐没于现代的阒然无声。仿佛跟随镜头的淡入淡出,典型的浙南山地,一个独特的村落,阡陌交通的街巷,世代衍息集聚成镇的一幅幅画面充溢于眼前。

旧时,采矿属于高风险职业,风餐露宿、朝不保夕的生产生活状态,漫长艰辛的劳作,山路崎岖,却身挑百斤重担穿山越岭。因此,矿工、村民既心存对自然的敬畏,又苦中寻乐,能在"雷响电闪"中捕捉到生命的意义和恒久的精神追求。路边凉亭、清凉涧水、沁香花草;偶来一阵西北雨,"一坩红茶啉落肚"。"软锤号歌闯天下"已内化为一种特质,同时也演绎着一出通婚嫁娶大戏:"路头则尼远,两家人来挺亲情;吹拍扛轿,船靠洞桥骹。"歌曲的叙事性得以展现,宛如讲述一个个谱写生命循环的世代更迭故事。

曾经有这么一则传说流传于挑矾古道上:现今的藻溪镇,曾名"亲仁乡",由于其地理位置特殊,成为明矾收购、运输、经销的重要中转埠头,一时繁华无比。当地章氏酿酒发家,生意兴隆,财源广进,建造"春和内"大宅院。适逢女儿远嫁矾山,由于父母疼爱,加上家底殷实,自然为女儿置办了许多嫁妆,包括八抬花轿、九件桶、八仙桌椅、洗脸盆架、化妆镜台、丝绸被等,雇用一百多个身强体壮的年轻人一路从挑矾古道走来,时称"九里红妆",轰动一时。歌词中描绘道:"等到人客,一帮佫一帮走到,十瓮兮老酒啉无够。"虽然主角缺席,但场面十分浩荡,令人心生情愫,感慨唏嘘,催人泪水涟涟。

《矾客情》颂扬了老一辈矾山人筚路蓝缕的艰苦创业经历以及藻溪矾山两地人的深厚友谊,具有浓厚的本土气息和艺术魅力。结尾,点睛之笔"三条溪"这个地名,以溪石相伴相生彰显出这份真挚情感,"朋友啊,一世人……做阵"(闽南方言意为"朋友,一辈子……在一起")更是情感的炽烈传达和情谊的至高升华。

世事局中局，夕阳山外山

——评音乐剧《夕阳山外山》

夏海霜

长亭外，古道边，芳草碧连天。晚风拂柳笛声残，夕阳山外山……经常会在不经意间哼唱起《送别》这首歌。

最早听此歌，是在学生时代的音乐课堂上，当时只觉得好听，旋律优美舒缓，歌词带着淡淡的忧伤。老师说，要唱出凄凉而沧桑的感觉来。可少年懵懂，怎么能体会这种千帆过尽的苍凉和高远呢？虽不能理解其意境，但不妨碍我对这首歌的喜欢。慢慢地，从书上读到了歌曲背后的许多故事，知道了词作者不平凡的人生，于是，对这首歌的喜欢，就不只是停留在好听的表层上了，而是带有强烈的感情色彩。一听到《送别》的旋律，在残阳如血、碧草连天的画面里，就会出现一个目光深沉、面容清瘦之人，着一袭僧衣，于晚风之中孑然而立。《送别》毋庸选择地被贴上了弘一法师的标签，如同《二泉映月》之于阿炳。这是艺术的魅力，自然而然，避无可避。

不管是麒麟才子李叔同，还是得道高僧弘一法师，都让人欢喜膜拜，其人格魅力不容小觑。

两年前在泉州，即使道路塌方了，我还是想方设法绕道到弘一法师的舍利塔前，恭敬地鞠上一躬，以表自己的敬仰。因而，当听说音乐剧《夕阳山外山》开演的时候，想着，无论如何都要去看一看。

《夕阳山外山》是温州本土打造的首部音乐剧，可谓是满满的温州味道。从着手准备到开演，历时整整三年，以温州史实为依托，用音乐剧的艺术表演形式，再现了弘一法师传奇跌宕的一生。

偌大的剧场，座无虚席。据说，此剧一票求求，我是幸运的。

全剧共9场，由24个唱段组成，时长80分钟。从第一场李叔同还是一个学堂里调皮捣蛋的学生开始，至远赴东洋求学、恋爱，再到回国为人师表，经历战争，家国破碎，最后到出家为僧旅居温州结束，一环扣一环，剧情紧凑精彩。

对于音乐剧，我其实是外行人，用的是看一部电影和看一本书的心情和视角。我无法以音乐专业的角度和词汇去阐述评点，只觉得，这样通俗的音乐表现形式，听起来轻松愉悦，听觉效果立体饱满，整个剧情下来，高潮部分重复的音乐，我觉得自己都能跟着唱出来了。为该剧的作曲者杨大可先生点赞。

我关注更多的是剧情。

这是一个传奇人物身上发生的传奇故事。

这个人的身上贴着很多的标签，至今都是被无数人膜拜和仰视的存在。他出身巨富之家，活得恣意潇洒；他是中国新文化运动的先驱，擅长诗词，是著名的词作家，单单一首《送别》便传诵至今；他最早将油画、话剧、钢琴引入中国，是中国第一个用五线谱作曲之人；他培养出了丰子恺、刘质平、潘天寿等大批著名艺术家，桃李满天下；他被尊为律宗第十一代世祖；他在篆刻、书法、戏剧等领域都是绕不过的大家。他开创了中国的许多"第一"，而且在从事的每一个领域，都做到了极致。这样一个才情斐然、恣意率性的李叔同，这样一个醉心律宗佛学、青灯黄卷的弘一法师，一生是多么精彩又波澜壮阔！再加上一个如此特殊的历史背景，这么多的内容，如何能浓缩到短短几十分钟时间里去展现？音乐剧确实是一个挺好的载体。说、唱、念白，展现得淋漓尽致。

剧中有一个唱段让我印象特别深刻：同一场景下，不同的时空交叉，三个女人以不同的装扮和唱词，清楚地交代了她们在李叔同生命中不同时期的身份、地位，以及与他的情感纠葛。这样的艺术处理手法，当时就让我眼前一亮。

公子世无双，佛门亦高僧。李叔同的一生，横跨两个世界。

音乐剧的前半部分热闹激情，演绎了李叔同才情卓绝轰轰烈烈的前半生。舞台上，前半部分他是那个流连欢场、一掷千金，却也挥洒文字、忧国忧民的李公子；后半部分清冷肃静，历经世间繁华，看尽天下离散，他注定只属于佛门。

天之涯，地之角，知交半零落。人生难得是欢聚，唯有别离多。

当他写下这首著名的《送别》词后，也送别了自己的前半生。在头发落地、僧衣上身的一刹那，世间再无李叔同。他，遁入空门，变成了清心寡欲的弘一法师。从极致的绚烂归于极致的平淡，他没有向别人解释过，连妻子和至交都不甚明了。丰子恺说，人的生活可以分为三个层面：一是物质，二是精神，三是灵魂。像弘一法师这样的人，享受过奢华的物质生活和富足的精神生活，唯一值得他探索的，也许就只剩下灵魂了。在这一点上，他终究是任性的。

"人生犹似西山日，富贵终如草上霜。"当年方仅十五岁的李叔同吟出这样的绝句时，就好似为他以后看破红尘早早埋下了伏笔。一切似乎命中注定。

爱和慈悲是全剧要表达的主题思想。从母亲送他留洋时的叮嘱（事实是母亲去世后，他才去的日本），到最后出家修佛，爱和慈悲是被反复吟唱的主题。"心怀天下，泽被苍生"也是他一生追寻的方向。他的爱和慈悲是广义的、博大的，对妻子和孩子，却是决绝无情的。

曾经恩爱有加的日本妻子来寻他，他连门都没让进。

她问他，什么是慈悲。他说，爱，就是慈悲。

她悲愤地责问："你慈悲对世人，为何独独伤我？"

弘一没有回答。他写给她的信里说："你是不平凡的，请吞下这杯苦酒，然后撑着去过日子吧……我们终须是要分别的，只是将它提前罢了！"这样的信，我是读不出丝毫慈悲的，有的只是冰冷的决绝。夕阳驱散了轻烟，只留下一颗破碎的心。妻子绝望大哭而去。

如同之前的诗酒癫狂，弘一把无情也演绎到了极致。

这一段，演雪子的演员唱得万分绝望悲切，让人动容。

我突然又想起了泉州弘一法师舍利塔前的景致，他的墓地旁边居然种了一大片花开艳艳的碧桃，和清冷的墓地形成了鲜明的对比。对于出家后的他来说，即使十里桃花，也是无意了。那一片碧桃，倒是像极了他风流卓绝的前半生。但桃花，总有凋谢的那一天。

弘一法师旅居温州12年，温州被他认为是第二故乡，他先后在温州庆福寺、宝严寺、江心寺等地住过，在此期间创作了《清凉歌集》《寒笳集》，整理了律宗名著《四分律比丘戒相表记》。在以江心屿双塔为背景的舞台上，在《清凉歌集》的歌声里，弘一法师潜心修佛专心著作的身影，是那样安静出尘。本剧说是以弘一法师在温州的史实为依托，"心怀天下，爱是慈悲"的歌声也时时贯穿，但窃以为后半部分这一主题表现得过于单薄。

80分钟似乎一闪而过，音乐剧的帷幕在弘一法师合掌入定的画面中落下，观众的掌声如潮水般响起。

曲终，人散。

我一个人，赴一场盛会，喧嚣之中的孤寂，一如弘一法师一生两种截然不同的状态对比。半世风流才子，半世得道高僧。不管是李叔同，还是弘一法师，他永远都是活得最为潇洒恣意的那个人，他的前半生只有诗和远方，不必为生活奔波苟且，甚至没有为时局艰难所限；他的后半生心中只有佛法，丝毫不为红尘小爱所累，真是率性至极。

然，世事局中局，夕阳山外山。他寻得圆满了吗？我们谁也不知道。唯有"悲欣交集"四个字，是他留给世人不解的答案。

YING XIANG
◎ 影像

唯美·真实·暖心

——《只有芸知道》的动人细节

胡晓霞

时隔多年，你可能会忘了某部影片的具体情节，但片中那些精彩动人的细节却令你无法忘怀，《只有芸知道》就是这样一部作品。

2019年岁末，由国产电影贺岁档的开创者冯小刚执导，旅居加拿大的温州籍女作家张翎担纲编剧，黄轩、杨采钰等主演的《只有芸知道》在全国上映。影片讲述了漂泊海外的罗芸、隋东风一见钟情、相恋半生的爱情故事，片中那一个个丝丝入扣的细节，将人们带入"从前慢"的温情年代，电影票房突破1亿元，上万名观众给该片打了高分。

电影是细节的艺术。细节描写是指对客观表现对象的某些局部或微小变化所进行的细腻描写，分为场景细节、音响细节、物象细节、情景细节等。《只有芸知道》的故事原型是冯小刚的战友兼助理张述的爱情故事，而编剧张翎是张述夫妻在加拿大的邻居。它既是平民电影，更是诗意电影。正如列夫·托尔斯泰所言："艺术家在细节上竭尽全部力量，必将产生巨大的艺术魅力。"冯小刚正是由于竭尽所能地捕捉了生活细节，才使片中的每一个分镜头设计都兼具唯美、真实和暖心的特性。

一、场景细节

文学作品通过环境描写来渲染气氛，影视艺术则通过场景设计来暗示情感、调动情绪。《只有芸知道》中，碧绿的草地、沉稳的老树、连绵的远山、柔和的山风、摇曳的风铃、湛蓝的天空、成朵的白云、和煦的阳光、七色的彩虹、静谧的乡村、撒欢的狗狗、梦幻的极光、浩瀚的大海、腾跃的鲸鱼……美得自然通透；两人，一狗，一屋，在新西兰梦幻般的画卷中，诠释、回溯了男女主人公的温馨相遇、纯真相恋、携手奋斗、温暖相伴、长情相思……美得一往情深。冯小刚通过这些场景细节，把人物情绪与自然景观的关系处理得恰到好处，也给湿冷的岁末捎来了温暖与感动。

二、音响细节

  细致入微的音响细节具有强大的创造情调氛围的力量。《只有芸知道》的两首主题曲以歌传情，以情动人。由谭维维演唱的主题曲《相爱的那天》改编自新西兰毛利民歌，歌词"准备了永远，没准备再见，备好了一生，却一瞬间……"直戳人心，道尽了男女主人公凄美爱情的永恒与短暂。曲末，冯小刚特意加入一声若有若无的叹息。这一细节如神来之笔，似在为两人未能圆满的爱情而惋惜，又像是对人生无常的百般无奈，带给人无尽的想象。演唱者谭维维感动地说："看电影时一直抽泣，导演给我介绍故事主人公时瞬间泪崩。"我想，或许唯有那些经过多年磨合，把另一半视作自己生命或身体一部分的伴侣，才能深切体会这歌词的深意吧！另一首主题曲《梦之路》改编自鲍勃·迪伦的经典曲目《你属于我》（*You Belong to Me*），杨坤以饱含深情的嗓音演绎了一个中年男子怀念亡妻的感人情怀："没你的孤独才叫孤独，有你的心跳才觉舒服……酒窝装满笑容发着光，来生还依然那么滚烫……"隋东风的孤独心境由此一一展开，罗芸的一颦一笑永驻东风心间。看过电影再回头细品这细腻且饱含爱与思念的歌词，每一句都唱进心窝里，听着听着不禁让人泪流满面。爱情，友情；故乡，他乡；家人，朋友，乃至狗狗，无不充满诗情画意，纵然天人两隔，但爱终将化解一切。这两首主题曲，已然解开了你我的心结。《相爱的那天》

唱道:"那是云想说,随风来生见。"《梦之路》唱道:"我的行李装着很多远方,还有片海洋。"

三、物象细节

《只有芸知道》开篇,隋东风带着狗狗坐在大树下的蓝色长椅上;在电影结尾,这蓝色的长椅再一次出现。假若单看蓝色长椅本身,你不会明白导演究竟想要表达什么。但如果你注意到片中的一个细节,这蓝色长椅必将深深地打动你——罗芸在手术前跟隋东风说,如果她走了,可以用她的名义捐一把蓝色的椅子给公园。蓝色,她最爱的鲸鱼的颜色。往后,隋东风每次路过都可以坐在那蓝色的椅子上歇歇脚,一如坐在她的怀里……还有那笛子,见证了他们相遇、相知、相恋、分离、思念的全过程。笛子与钢琴合奏,曾那般祥和。但为了给她安稳的生活,他放下了长笛,抄起了炒勺;到了片末,他取出尘封已久的笛子,意外发现了她生前偷偷塞在笛子里的字条:"我没活够的年数,你替我好好活了。"这简短的留言,在让人感受到那份痛彻心扉的思念的同时,又让人觉得仿佛只是逝者暂时离开。他又找回了最初的自己,这应该也是她最希望看到的样子。半路留下的那个人,苦啊;而半路走了的那个人,更是用心良苦。她通过让他帮自己完成遗愿的方式来消解他的悲痛,他也将在她的关爱与祝福中,重获继续生活的力量,带着她对他的爱活下去,暖心又治愈。

四、情景细节

剧中有一个情景最触动我的内心:仿佛就在昨日,隋东风向罗芸求婚,面对这个自己喜欢的男生,她说:"我运气不好不想连累别人。"大大咧咧的他想都没想就脱口而出:"我运气好啊!"这番对话真实、自然,如同我们在日常生活里的所闻所见,观众就像在看自己的故事,从而在不知不觉中彻底沦陷。到了手术前夜,罗芸沐浴更衣后依偎在隋东风怀里,说:"你说我这一辈子,世界上的好事怎么都让我给遇见了。该我出生的时候，我就遇见了一户最好的人家；该我嫁人的时候，我就遇见了一个最好的男人，该我需要帮手时候，这又来了一个梅琳达。你说我这运气，还叫别人怎么活啊……"到底是谁匀给了谁好运气呢？这是一份何等真挚的感情！这是一个多么美好的女子！

　　拍摄《只有芸知道》时，导演冯小刚竭力渲染意念情绪，追索生活底蕴，以一系列唯美、深沉、含蓄、真实、细腻、暖心的生活细节，展现人物的心路历程，还原爱情的本真与纯粹，唤醒观众心底的柔软，震撼和净化观众的心灵，我想，没有人能拒绝这份美好。虽然人生太无常，每一段别离都可能悄然而至，但因为有爱，过往的每一个瞬间都值得永久怀念。只要有爱，即使在悲伤里也能得到治愈。导演冯小刚正因为看到了凡人尘世里的孤独与温暖，对岁月与真挚的情感有独到的见解，才能细致入微地把这份真实和感动带给观众。他说：想用这部电影在岁尾年初的时候给观众温暖，让人想起这一年的闪光时刻和幸福瞬间，再把这份温暖传递给身边的亲人和爱人。冯导的美好愿望实现了，《只有芸知道》真实、温柔又不失力量，它让观众收获了哀而不伤的感动与满怀希望的温暖。

　　这份真与暖是当下大银幕最稀缺的资源。

文人情怀的影像钩沉

林　路

尼采说:"朴实无华的风景是为大画家存在的,而奇特罕见的风景是为小画家存在的。"摄影家邵大浪30多年的影像实践,证明了尼采所说之理不虚,从平淡无奇的生活中提炼出具有文人情怀的"风景",没有深厚的积淀和独到的功力难以成就。结合摄影史上的诸多案例,足可细细钩沉。

首先看邵大浪的文人情怀——儒雅的风度、谦和的谈吐,加之潜藏心底的独立思考能力和文化自觉,由内而外构成了其独特的古典兼具现代的文人情怀。这是一个基点,是一块不可动摇的基石。对于追求独立思想、独立人格、独立价值、充满人文关怀的影像创造过程而言,这是不可或缺的。一旦有了这样独立的精神追求和姿态,从镜头中所看到的一切,自然超凡脱俗,从而能将30多年的履历所到之处,幻化出难得的风痕涛影,妙不可言。

回首看去,早些时候的邵大浪,活跃在父辈生活的江南,尤其是在烟清云淡的江浙和安徽南部一带,在父辈的引导下细细品味镜头下的中国画意风韵。这时期他的作品,受其父辈摄影大家的影响较多,不过举手投足之间充满了自足的审美品位。

邵度、邵家业、邵大浪祖孙三代摄影家,一路沿承黑白摄影的传奇色彩,在中国摄影历史上,留下了精彩的华章。这样的沿承随着岁月的历练,也逐渐显现出更为自信的超越——当我在邵大浪的作品中看到2004年拍摄于安徽黟县的那幅有树的风景时，随即联想到了美国摄影家温·布洛克（Wynn Bullock）的一幅作品，题目就叫《树》，形神俱似。正如布洛克所说："我不想说出树和草是什么样子的，我只是想告诉我自己，并且通过我，表达它在自然中的意味。"邵大浪这时期的作品完全体现出了类似当年布洛克所实践的现代性意味，也实现了对以往知足常乐的世俗心态的超越。

他30多年影像实践中最重要的成就在西湖的拍摄中得到了最为集中且有价值的体现。正如我在以往的评述中所述：终日面对一片大湖，面对粼粼碧波，智者乐水的情怀随着黑白影调的节奏缓缓而来，这就是邵大浪西湖摄影给我们带来的感受。

邵大浪镜头中的西湖，并非"接天莲叶无穷碧，映日荷花别样红"的色彩缤纷、热闹喧哗，而是"水光潋滟晴方好，山色空蒙雨亦奇"的随遇而安；邵大浪镜头中的西湖，也非柳永笔下"有三秋桂子，十里荷花。羌管弄晴，菱歌泛夜，嬉嬉钓叟莲娃"的媚俗，而是"孤山寺北贾亭西，水面初平云脚低"的不温不火；邵大浪镜头中的西湖，更不是"山外青山楼外楼，西湖歌舞几时休"的醉生梦死，而是"已见万花开北陇，莫教一片落西湖"的寂寞清心。

我们不难看到，其早期的西湖影像更多满足于形式上的纯净和静美，后期作品逐渐延伸到张弛有度。同样赋予西湖宁静，他更希望使用现代主义的工具如抽象手法，使他的西湖远离媚俗的审美倾向和流行的批评价值。

邵大浪是清醒的，他以其想象力的创造为乐，在这些我们所能够辨认的湖水、树木、天空、山脉中，呈现出一种张力——虚无缥缈的光线氛围始终围绕其间。黑和白，夜晚和白天，揭示和隐藏，无限和有限，自然和构成，活动的和静态的，真实和梦幻——和谐是通过完美的平衡和无尽的冲突而实现的，其结果是邀请观众在宁静的空间中展开想象，分享无可言说的文人情怀。

再回到篇首尼采所说，朴实无华的风景是为大画家存在的——邵大浪镜头下的景观大多不是名山大川，常常只是一山、一石、一水、一树或都市中的片段，即便是西湖淼淼，也只取其一瓢，构筑成一片他自己心中的风景。这恰恰得益于文人情怀的大审美观——审美的天人合一在一般的层面上是庆生、乐生和感性的，它感恩天地，体验人生，回味生活，留恋世界，以此来建构人类心理的情感本体。

　　其实，摄影发展到今天，早已不能仅仅用视觉艺术来破译它的各种现象了。观众的视觉所得到的艺术家架构的场景只是一座桥，许多这样的桥是在努力把观众引向思维方式的彼岸，这座桥到底有多美已经不是主要的目的了。这时候的视觉必须与艺术家设定的彼岸的思维方式联系起来，从而达到作品的整体效果。邵大浪在搭建这座桥的过程中，可谓殚精竭虑，再加上艺术家把人本身（包括其人文情怀）也当作创作元素用在表现的过程中，就使他的作品更加多元且深刻。也许，我们从他的"象外之象"开始，就已经迷途忘返，只见人生的岁月"山静日长"！

吴登采：文化奇观收集者

陈有为

吴登采被人熟知，是因为"宗祠"和"城雕"系列作品。两者均率先在连州国际摄影年展展出，从而引起文化层面的探讨。

吴登采的作品有极大的相似性，即它的奇观性。从某种意义上说，摄影就是奇观的艺术，截取时空中的某个切片。其中有大自然的奇观，所以有那么多摄影师背着沉重的器材，奔赴世界各地；亦有街头的奇观，所以诞生了众多孜孜不倦的街头摄影者。特别是今天，街头摄影的概念泛化，不仅发生在大街上，有些也发生在乡间或居室之内，但是猎奇的本质没有改变。有些摄影师依靠辛劳，有些摄影师依靠灵感，然而都是截取这个世界时空中的奇观。奇观看得多了，平淡无奇、类似监控的画面就成为另一种视觉的奇观。所谓摄影的可看性，实际上是对原有视觉经验的某种反动，发现他人所未见，谓之新奇。摄影如奇遇，也是某种意义上对摄影奇观性的一种肯。吴登采对奇观的截取是文化意义上的，它和社会、经济、政治有更大的关联，而不仅仅是审美上的某种奇遇。

吴登采的这两件作品，都是他对文化意义上的奇观的收集和整理。

"宗祠"是吴登采最先被人熟知的系列作品。吴登采也拍摄了我的本家所归属的钱、陈两个宗祠。宗祠是列祖列宗的居所，散发着古老、神秘、威严和权力的气息。祖父临终之前叮嘱我们，如果有一天他走了，得通报钱家人。我的血脉应当是属于钱家的，曾祖父早年随他的母亲改嫁，来到陈家，过了十多年，被另一个大姓氏族欺凌，后来改了双姓。

我的两个宗祠，实际上标示着我所在的家庭，或者说大家庭在这近百年抗争的历史。

吴登采拍摄的这些宗祠，都是他的家乡温州市域之内的各式各样的宗祠。当地有古老的宗祠，也有新兴的宗祠，然而吴登采截取的是那些于当下堪称奇观的宗祠——不管从宗祠的样式、规模，还是装饰细节。这些宗祠在乡间有别于民居，本身是一种奇观，吴登采所截取的是奇观中的奇观。

他的"城雕"系列作品更是奇观。2018年吴登采在短短几个月的时间里跑遍了中国数十个城市，拍摄了这些城市奇奇怪怪的雕塑，当然也包括温州的"物华天宝"。它并不高大，只是一个十字路环岛中间的"填充物"。

宗祠和城市雕塑都属于城乡的公共艺术。吴登采所选择的是那些被权力和财富主宰，或者由权力与财富交织而孕育的"怪胎"。它们和古老的传统相脱离，在身处的环境中很突兀，然而恰恰是当下权力跟财富水乳交融的产物。

吴登采截取了当代文化环境中的奇观，恰恰是抓住了这个时代社会最核心的病症。

吴登采从人类学、社会学、文化学和审美学的意义上，截取他认为的奇观。但是吴登采所拍摄的奇观有两个特点：第一，它是的的确确"生长"在大地上的，是真实存在的，但被很多人熟视无睹，被认为是理所当然的事物；第二，吴登采选择那些已经无法被麻木的双眼识别的东西。

吴登采的摄影更像是一种文化奇观的采样。而在当今这样一个大数据时代，吴登采作品实现的难度并不大，依托互联网和大数据，完全可以用网络搜索等最便捷的方式来替代长达数月的奔波劳碌。但是艺术依仗的恰恰是发现的眼光：吴登采的每一件作品都挑起了某一个或者说激发了某一个被遗忘、被忽视的文化命题。我期待这些文化命题能够经由吴登采本人或其他研究者的努力，得到深入的研究和揭示。

在我认识吴登采之前，吴登采已经走遍地球的南北极，他有一段时间正在寻找途径去太空旅行。这并不是玩笑，而是事实。吴登采的这两个系列作品都是在较短时间内完成的，由此可见艺术家敏锐而坚定的判断力，以及高效的创作执行力。希望吴登采持续推出更出彩的作品。

ZA TAN
◎ 杂谈

瓯绣的前世今生

黄香雪

瓯绣，古时又称"画帘"，是将毛竹剥去青皮，分层开片后煮熟抽丝，编织成竹帘，然后用颜料或彩线在上面完成传统花鸟、山水或人物等图案。因产于瓯江流域，所以也被称为瓯绣。刺绣是中国农业社会优秀的传统手工艺之一，因刺绣多为妇女所作，故属于"女红"。"女红"是历史的产物，它萌生在古老悠久的历史长河中，又因历史的源源发展而慢慢消退。我国几千年的农业社会，不仅树立了以农为本的思想，同时也形成了男耕女织的传统。男子种田，女子织布。古代女子从小学习裁衣缝纫、纺纱织布、描花刺绣等"女红"活计，为以后成家打下基础。在江南一带，对女子的"女红"要求尤高。特别是到了明清时期，传统社会对于女性的标准，男子对于择妻的要求，都以四个方面来衡量，即"德，言，容，功"。其中的"功"即为"女红"。因当时的手工业高度发展，"女红"才在普遍意义上真正广泛地流行起来。这种流行也给刺绣史带来了勃勃生机，将它的发展推向高潮。

因刺绣与人们的日常生活密切相关，所以自古以来，"女红"高手人才辈出。她们创造了那个时代的辉煌，也研究琢磨出了后来人无法企及的技艺。据说在三国时期，吴王的赵夫人能用针线在方帛之上绣出"五岳列国"的精妙地形图。唐代传奇女子卢眉娘，年仅14岁就能在一尺绢上绣《法华经》7卷，字小如粟粒，点画分明，细于毛发，而品题章句无一遗漏。瓯绣就起源于那个时代，慢慢发展至今。古时的温州，流传着"十一十二娘梳头，十二十三娘教绣"这种传承刺绣的优良传统。绣娘的本事,有的源自母亲的传授,有的源自师傅的教导。闲暇时,她们聚在一起,仔细探讨,研究出更精致的刺绣图样和更精巧的手法。瓯绣绣品针法繁多,做工精细,以刺绣的人物最为妙绝。这些人物色彩鲜艳夺目、玲珑剔透。绣面上的人宛如仙子,仿佛能从绣品中走出来,鲜活又生动。绣画的动物更是栩栩如生,神态活泼,色彩鲜艳,绣画巧妙结合,针法匀称灵活。绣娘们的绣工出众,针脚齐平,构图简单精巧,主题突出。

在服饰方面,刺绣也占据着一席之地。登峰造极者恐怕莫过于皇室贵族的龙袍官服及凤冠霞帔了。《尚书》中有"衣画而裳绣",《诗经》中也有"素衣朱绣"的描绘。到了宋代,崇尚刺绣的风气已逐渐在民间广泛流行,这也促进了中国丝绣工艺的发展。然而,令人遗憾的是,随着时光的流逝、社会的发展、科技的进步,机械化替代了手工,"女红"也因此受到了很大冲击。原本做"女红"活计必备的用具,如绣花棚架、针线篓等都已淡出人们的生活,退出历史的舞台,逐渐被人们遗忘,甚至抛弃。关于这些"女红"用品的资料也少有记载,难以查寻。在当今收藏界,"女红"用具根本就是杂件中的杂件,不为人们所重视。古代慈母为儿子缝衣纳鞋、巧手贫家女擅长针黹的传奇故事、千金小姐以绣房"女红"为消遣的奢华生活,都随着岁月的流逝变成了遥不可及的传说。

社会飞速发展,汽车代替了马车,机绣代替了手工刺绣。我们难以再现古代刺绣的弃用传说、名人逸事。作为与人们日常生活密切相关的"女红"活计,曾有过的辉煌历史也只有在书本里才能看到了。

制约瓯绣发展的因素有很多,首要的问题就是经济来源。手工刺绣周期长,且回报率低。绣工们每天要聚精会神地绣十几个小时,每月却只有几百元的收入。这些女绣工是靠着对传统手工艺的传承和对刺绣的喜爱,才将这门技艺延续至今。现代社会什么都很快,生活节奏快,学习一项新技能也快。以前的人排遣情绪还能靠写字、看书或培养某种陶冶性情的爱好，而现代人远没有那份耐心，快餐时代，追求高效，让人无法停留下来。人生如朝露，人们不愿意再把时间花在这种复杂的手工艺上面。瓯绣的初学者至少需要10个月时间才能掌握基本技术，技法纯熟则需要几年时间。习惯追求高效率的现代人，更适应电子操作和机械制作，很少有人愿意坐下来，花几个月完成一幅精品绣图。更为重要的是，由于市场需求微乎其微、绣品售价不高、制作周期长、绣工待遇较低，职业发展前景不理想也成为年轻人远离瓯绣行业的主要原因。

所幸的是，在即将消亡之际，瓯绣申报非物质文化遗产项目成功。因此获得政府部门的支持，得以重新振兴。政府在所辖区范围内发挥自身影响力，对非物质文化遗产的宣传使人们对瓯绣有了更深入的了解。宣传树立全民非物质文化遗产保护意识和理念，为瓯绣的传承和保护奠定了意识基础。

各种媒体也大力宣传非遗，使瓯绣重新回到现代人的视野中。媒体是非物质文化遗产最重要的宣传平台。通过录像、录音、文字、图片等各种形式，对瓯绣进行全面的记录和宣传，并建立系统的档案和数据库，切实加强了对非物质文化遗产的认定，在保存、研究和传播瓯绣的工作中做出了杰出贡献。媒体充分发挥媒介功能和传播方式的优势，加强民众对瓯绣的认识，从而使人们认识它、欣赏它和传承它。

学校对瓯绣的传承和保护也起到了重要的作用。针对创意设计人才短缺、年龄结构不合理等问题，温州部分高校、职业技术学校开设了瓯绣艺术培训班和选修课。邀请瓯绣工艺大师和专业人才授课，引导人们更多地了解瓯绣、喜欢瓯绣、保护瓯绣和传承瓯绣，在瓯绣保护中发挥了至关重要的支持作用。

依靠政府的大力宣传，建立非遗展览馆和瓯绣展示基地，在非遗进社区、进校园等活动中，我们也慢慢吸收了一些现代"女红"爱好者。她们中有十二三岁的学生、退休的阿姨，还有城市白领。"纤纤擢素手，机札弄机杼"是一个美好的画面，也是无数女子心中难舍的温柔旧梦。对于很多"女红"爱好者来说，重新拿起针线是一种生活态度。瓯绣确实能让人静心，培养耐心和毅力，在心情烦闷时，坐下来绣上几针，能调整情绪。现在的东西来得太过容易，快餐式的产品充斥着生活。如果能摒弃浮躁，一针一线亲手完成一件绣品，带来的成就感是巨大的。来之不易才能懂得珍惜，刺绣是对中式传统女性致敬的方式之一。我们的祖辈在窗下绣花的形象不应该被遗忘，那种沉静与温柔是令人神往的。

随着时代的发展，部分非遗或许会变异、消亡。因为缺乏原有的需求与环境，它们很难存续下去。但我们作为非遗工作者，只有尽力传承、宣传，延缓瓯绣的消亡或沉寂，将它们忠实地记录下来，留给子孙后代，这是我们的责任。我们需要回归对传统的理解，才能将技艺更好地发展下去。

图书在版编目（CIP）数据

温州·声音：温州文艺评论. 第三辑 / 蔡贻象主编. — 北京：中国财富出版社有限公司, 2023.10

ISBN 978-7-5047-7612-9

Ⅰ.①温… Ⅱ.①蔡… Ⅲ.①文艺评论—温州—当代—文集 Ⅳ.① I209.955.3-53

中国版本图书馆 CIP 数据核字 (2021) 第 259113 号

策划编辑	朱亚宁	责任编辑	张红燕　乔　昕	版权编辑	李　洋
责任印制	梁　凡	责任校对	张营营	责任发行	杨恩磊

出版发行	中国财富出版社有限公司		
社　　址	北京市丰台区南四环西路 188 号 5 区 20 楼	邮政编码	100070
电　　话	010-52227588 转 2098（发行部）	010-52227588 转 321（总编室）	
	010-52227566（24 小时读者服务）	010-52227588 转 305（质检部）	
网　　址	http://www.cfpress.con.cn	排　　版	温州市北大方印务有限公司
经　　销	新华书店	印　　刷	温州市北大方印务有限公司
书　　号	ISBN 978-7-5047-7612-9 / I · 0335		
开　　本	880mm×1230mm　1/32	版　　次	2023 年 10 月第 1 版
印　　张	7	印　　次	2023 年 10 月第 1 次印刷
字　　数	187 千字	定　　价	48.00 元

版权所有·侵权必究·印装差错·负责调换